Önsöz

İnsanın tek tek bir şeylerle haşır neşir olup onu bir kendi elleriyle, duygularıyla büyütmesi vardı, bir de kendinden bağımsız, orantısız büyüttüğü tanımadığı bir korku portresi vardı. Ben resmin dışında kalmamayı öğrenmiştim. Renkleri kendi seçmem gerekliliğini öğrenmiştim. Bir hatanın da hayatın boyunca silinemeyeceğini, ama onunla yüzleşerek çözüm noktasını keşfedebilme ihtimalinin olduğunu anlamıştım. Evet belki de büyükler haklıydı, hayat acımasız bir öğretmendi belki de kimi zaman. Ama bakış açısı değiştikçe insanların olayları tolere edebilme kabiliyeti, daha hızlı bir şekilde çıkıyordu insanın karşısına. Bu düşüncelerle inmiştim arabadan. Her zamanki yürüyüşümüzü yaptıktan sonra, varabilmiştik durağımıza. Dudu teyzem yine o güler yüzünü göstermişti bize, sıcacık oluyordu insanın yüreği bu gülümseme karşısında. İnsan insanın en büyük ilacıydı aslında. Bir de farkına varabilseydik keşke.

Fazla düşünmene gerek yok küçük hanım; Aklın yetemediğidir,

AŞK

* * *

⅜ ❀ ❧

AŞK, AŞK İÇİNDE

Dondurucu bir soğuk vardı, köprüyü geçmeden önce karşılaştım, başının üzerindeki duman dikkatimi çekmişti. Bana döndüğünde anladım, yanan bir sigaranın dumanı olduğunu. Sanki sigarayı içmiyor, dumanını salıyordu dışarıya doğru, soğuk hava da dalga dalga şekilleniyordu.

Mert geç kalmıştı beklemekten başka şansım yoktu. Köprünün diğer ucuna doğru gittikten sonra hızlı bir dönüş yaptım. Gri paltolu genç korkuluklar üzerinden nehre doğru bakıyordu. Nehir bile soğuktan nasibini almış olacak ki, nazlı nazlı akıyordu. *"Genç adamın bir ayağı korkuluktaydı, yoksa.."* diye geçirdim içimden atlayacak mıydı..? Hızlı adımlarla ona doğru yürümeye başladım, topuklu çizmelerim karanlık sessiz caddede ses çıkartmış olacak ki, bana doğru baktığını fark ettim. Adımlarımı daha da yavaşlattım. Çantamdan telefonumu alıp bir şeylere bakıyormuşçasına gözlerimi gözlerinden kaçırdım. Daha önce gelmiş ve okunmuş olan maillerimi tekrardan okumaya başladım. Onun gözlerini kaçırdığı anda da ona doğru bakıyordum, derin bir bakışı vardı nehire doğru. Soğuk sandığım hava geçerliliğini yitirmişti bu garip adamın karşısında. Dondurucu, keskin gözleri vardı, ışık yansımasından mı bilemem, maviydi gözleri. Köprü üzerindeki ilk lambanın yanındaydı, kendini korkuluklardan sarkıtır gibi oldu. Sonra..

- Neden..neden...? diye bir çığlık,

Ne yapacağımı şaşırdım, elim ayağım titremeye başladı, aksilik bu ki geçen bir araba dahi yoktu köprü üzerinden.

- Bir dakika diye seslendim,

Kendi çığlığından duymamış olacak ki haykırmaya devam etti,

- Lanet olsun, lanet olsun diye..

- "Bu nasıl bir haykırıştır" dedim. Çok derinlerime işlemişti çığlığı, yanına gidip kolundan tuttum.

- "Yardımcı olabilir miyim?" diye sordum. Gözleri kan çanağı içindeydi, kırmızı ve mavi karışımı gözlerle, *ne işin var burada?"* dercesine bana baktı. Ona baktığım bir anda bileğimi kavradı soğuğa inat, ateş parçası elleriyle paltosundan geriye doğru itti ellerimi.

- Defolll... diye bir çığlık kulaklarım çınladı resmen bağırmasından dolayı.

- "Peki", diyerek sessizce köprü başına doğru yürümeye başladım.

***

Ne kaba bir adam, ya akıl hastası ya da hasta olmalıydı, normal değildi çünkü.. Yardım eli uzatan kişiye hele de bir bayana böyle mi davranılırdı..

"Off Mert de gelmedi gitti nerede kaldı ki, dur bi arayayım."

Garip, telefonu kapalı ve neredeyse 30 dk. Olmuştu bana köprüde bekle diyeli. Gayri ihtiyari olarak arkama döndüm, o garip adama doğru, kendi derdini bırakmış şimdi de beni seyrediyordu. Ne var..? dercesine baktım, sinirli sinirli. Bana doğru adım attığını gördüm ve tekrardan arkamı döndüm. Adımları sıklaştıkça ürkmedim değil, ya psikopatın tekiyse, ey Allahım.. Bir başıma ne yapabilirim, telefon evet evet, telefonu almalıyım elime, biriyle konuşur numarası yaparsam bir şey yapamaz nasıl olsa, diye düşünürken beni geçtiğini fark ettim garip adamın.

Gecenin karanlığında kaybolup gitti.. Neyse Mert'in geleceği yok. Abime *"sinemaya gitmekten vazgeçtim artık"* derim. Tam abimlerin siteye döndüğüm anda, ne kadar ilginç, yine köprüde karşılaştığım o adam çıktı karşıma. Elini tutuyordu, kan damlıyordu yere, ne olmuştu ki acaba..?

- Yardım, yardım et..!! derken yere yığıldı.

Off yine beni buldu ne yapabilirdim ki, hiç tanımadığım bu adamla. Abim geldi aklıma, hemen onu aradım. *"Abi sitenin girişindeyim ne olur gel"* dedim, telaşla ne olduğunu sordu sitenin girişinde yerde yatan bir adamın olduğunu söyledim. Abim doktordu, belki o yardımcı olabilirdi. Kapıdaki güvenlik görevlisiyle birlikte gelmişti.

Ben adamın başındaydım, *"ne oldu Derya?"* diye sordu,

- "Bilmiyorum abi az evvel Ezgi'yi beklerken gördüm köprü başında, Ezgi çıkmayalım dedi bu saatten sonra, ben de geri dönüyordum eli kanıyordu, yardım et dedi ve sonra bayıldı ben de anlamadım".

O sırada abisi, adamın kesik olan eline bakıyordu. İlginç, baygınlık geçirebilecek bir tablosu yoktu. *"Hadi Kazım bey revire taşıyalım"* diyerek güvenlikçiyle beraber adamın kollarından ve bacaklarından tutarak sitenin girişinden elli metre uzaklıktaki revire taşıdılar. Hava soğuk olmasına rağmen, abim ter içinde kalmıştı. Adamın kolundaki saate takıldı gözüm çalmış mıydı acaba adam saati, çünkü oldukça pahalı bir saatti. Abim güvenlikçiye cebinde telefon olup olmadığını sordu, o sırada abim serum hazırlıyordu. Pansumanı bitmiş, kanamadan kaynaklı bir baygınlık olmadığını söylemişti abim. Adama serumu taktıktan sonra bir parça pamuğa alkol koyup onu koklatmaya çalıştı. O sırada adam ayılır gibi olup bir yandan da bir şeyler mırıldanıyordu. Abimin geç kalışından olacak ki, yeni evlendiği eşi kapıda göründü. O sırada baygın haldeki o garip adamla abim, aynı anda *"Aslı"* diye seslendiler..

6

***

Aslı boş gözlerle, önce revirde yatan garip adama baktı, sonra da birdenbire abime bakıp, *"ne oldu?"* diye sordu. Abim adamı sitenin girişinde bulduğumu söyleyip, baygın bir halde buraya getirdiklerini söyledi. Adam yarı baygın halde hala *"Aslı.."* diye inliyordu.

Yengem irkildi: *"ambulans çağırın gitsin, neden bu kadar uğraşıyorsunuz, başımıza bela olmasın sonra"* dedi. Adam o sırada gözlerini açarak sesin geldiği yöne doğru bakarak, yengeme acı bir bakış fırlattı. Adamın yüzü, gözü pislik içindeydi, resmen bir çöplüğe girmiş edası vardı, etrafa yaydığı kokudan da anlaşılıyordu hali. Adam aniden irkilerek oturmaya çalışıyordu. Abim kolundan tutarak destek olmaya çalıştı, adam abimin elini ittirdi, abim umursamadan: *"nasılsınız?"* diye sordu.

O sırada yengem; *"hadi Derya biz eve çıkalım, hava soğuk"* dedi. *"Peki"* diyerek abimle göz göze gelip, onayını aldıktan sonra, yengemle eve geldik. Nereden çıktı şimdi bu adam akşam akşam diye söylenmeye başladı. Ben heyecanla adamın nasıl olduğunu merak ediyordum. Odama girip üstümü değiştirdim, üzerime daha rahat kıyafetler giydim. Soğuktan gözümde donmuş olan göz kalemimi zor bela çıkartmaya çalıştım. Yengem misafir odasındaki sehpanın üzerine portakal suyu sıkıp koymuştu. *"Ne çabuk.."* diye içimden geçirmedim değil. *"Bir bardak sen de iç iyi gelir kızım"* dedi. Oysa ki yaş farkımız fazla değildi, kızım derken bir an annem geldi aklıma, daha kaybedeli fazla olmamıştı, bir seneyi yeni doldurmuştu. Abim evlenip yeni eve geçince arkadaşlarımla kaldığım özel yurttan beni alıp yengemle yaşadığı eve getirmişti beni. Üniversite 4. sınıf öğrencisiydim, abim gibi ünlü bir cerrah olmasam bile, onun gibi ünlü bir doktor olmayı çok istemişimdir. Abimle branşlarımız farklıydı, doktor olmamı istememesine rağmen uzun bir uğraş sonucu okulumun son 2 senesine gelmiştim bile. Abimle aramızda oldukça bir yaş farkı vardı, başka kardeşimiz olmadığından dolayı annemin de ölümünden sonra beni kızı gibi görmeye başlamıştı. Abimin akademik kariyerinden dolayı fazla görüşemiyorduk. Ne zaman ki evlendi, altı ay sonra beni evine aldı, daha fazla vakit geçirmeye başladık. Yengem Aslı da çok iyi biriydi, abimden önce benim yemeğimi yiyip yemediğimi kontrol ederdi. Aslı abimin üzerine çok fazla düşen biriydi aslında. Abim için değerli olduğum için bana da gözünün içi gibi bakıyordu. Abimle öğrenciliği sırasında tanışmışlardı, çok güzel bir kızdı Aslı. Ela gözleri, düz sarı saçları her erkeği etkileyebilecek yapıdaydı. Abim uzun zaman görmezden gelmiş, hatta duyduğuma göre ilk çıkma teklifini bile, Aslı abime sunmuştu. Abim soğuk biri olmasına rağmen, hiçbir aile desteği olmadan anne ve babasız büyümüş olan bu güzel, masum kadına aşık olmuştu. Bakışlarından anlıyordum abimi, aşkla bakıyordu Aslı'ya.

***

Derin düşüncelerden çalan kapı zili ayırdı beni, kapıya gittim, benden önce Aslı kapıyı açmıştı. Kapıyı açtığındaki şaşkınlığını unutmam imkansızdı. Abimin kolundan tutarak getirdiği adamla göz göze gelmişti, adamın gözleri de yarım saat evvel gördüğüm gibi değildi, tanışıyorlar mıydı acaba..?

Abim *"hadi yardım edin"* derken, Aslının bakakalmışlığı arasında kalmıştım, bir taraftan Aslı'yı kenara çekerek diğer taraftan da abimin eve getirdiği o adamın kolundan tutmaya çalışıyordum. *"Sanırım kan tutmuş neyse ki iyi kendisi, biraz yanımızda kalması iyi olacak"*, dedi abim. O sırada Aslı'ya baktığımda gözle kaş arasında kaybolmuştu, merak ettim nereye gittiğini. Adam gözlerini yummuştu, abim ise bir kase çorba ısıtıp getirmemi söylemişti.

- *"Peki abi"* diyerek, buzdolabındaki çorba tenceresini lavaboya koydum. Küçük bir kaseye çorba koyduktan sonra, mikrodalgaya yerleştirip, yukarıya yengemin odasına çıktım. Yengem yüzünü yıkamış gözlerini kurulamaya çalışıyordu. "İyi misin yenge?" diye sorduğumda hala boşluğa doğru boş boş bakındığını gördüm.

- "Şeey.. şeyy.. Evet kızım iyiyim, sanırım tansiyonum düştü, şaşırdım bu gece vakti, nereden çıktı hiç tanımadığım bu adam. Abine bazen inan anlam veremiyorum Deryacım diye.." söylene söylene indi aşağıya.

- "Kerem bir dakika gelebilir misin?" diye seslendi hol aralığından. Abimi alıp mutfağa geçtiler, ben de arkalarından ısınmış olan çorbayı hazırlamaya başladım.

- "Hemen çıkar şu adamı evden" dedi Aslı,

Abim: "sen nasıl doktorsun, hayatım bu halde bu adamı nasıl bırakabilirdim ki ?" diye sordu. Aslı'nın gözleri alev almış top parçası gibiydi, yerinde durmuyordu, bir oraya bir buraya gidip geliyordu. Abim de ben de şaşkın bir ifadeyle izliyorduk Aslı'yı.

- "Nedir seni bu strese sokan konu anlatabilir misin? Aslı" diye çıkıştı abim.

- Aslı; "hırlı mı hırsız mı tanımadığımız bir adam neticede ne çabuk eve getirebiliyorsun, 112'yi arayıp hastaneye gönderebilirdin" dedi. Aslı'yı ilk defa bu kadar sinirli görüyordum, bir yandan haklıydı abim, ev değil de hastaneye gönderebilirdi adamı. Adamı kan tutmuştu sanırım, *1 saate kalmaz kendine gelir merak etme gider bu gece* diyerek, yengemi sakinleştirmeye çalışıyordu.

- Abim; "hadi derya ısınmadı mı çorba, hadi götür de birkaç kaşık içmesine yardımcı ol" dedi.

- "Nee.." diye çıkıştı Aslı, "bir de çorba ha.. ne haliniz varsa görün, ben çıkıyorum yukarıya" diyerek, sert bir şekilde kapıyı çekerek ardına bile bakmadan gitti.

- Abim: "hadi sen adamın yanına git" dedi, "ben birazdan gelirim".

Odaya gittiğimde olduğu yerde oturur bir şekilde buldum adamı, gözü şöminenin üzerindeki abimle yengemin düğün fotoğrafındaydı. Hafif öksürerek girdim odaya, *"nasılsınız?"* diye sordum. *"Bu kim?"* dedi bana abimi işaret ederek. *"Hatırlamadınız mı, sizi eve getiren kişi yani abim"* dedim. *"Ben nasıl geldim buraya"* dedi. Ona olanları anlattım saçı sakalı birbirine karışmıştı ama yakışıklı bir adamdı gerçekten de. Mavi gözleri sözlerinden daha derindi. Tepsiyi önüne koyarak, *"abim yemenizi istedi, kendinizi toplamanıza yardımcı olacakmış"*. Kaşığı alırken, ellerinin titrediğini gördüm, kaşık birden yere düştü ve *"önemli değil"* diyerek mutfaktan bir yenisini getirdim.

- "İsterseniz yardımcı olayım" dedim. Usulca kaseden çorbayı alıp adamın ağzına çorbayı vermeye çalıştım. Küçük yudumlarla alıyordu. Ağzından akan çorbayı bile fark edemeyecek durumdaydı. Diğer elimle peçete ile silerken çenesinin altını; birden elimi tuttu, köprünün üzerindeki aynı sıcaklıktaydı. Sıcacık ve çok kibar elleri vardı. Düşüncelerim yüzümden utandım, *"hayır bu adam hırsız olamaz, akıl hastası hiç"* diyerek iç geçirdim. Toplam beş kaşıktan sonra teşekkür ederek, tepsiyi elime doğru uzattı. Mutfağa gitmiştim ki, merdivenlerden abimle, yengemin ayak seslerini duydum, abim ikna etmiş olmalı yengemi ki, beraber iniyorlardı. Tam tepsiyi mutfağa koyup geldim ki yengemle abim salondaki şöminenin üzerindeki resmi okşayan adamı kapının oradan izliyorlardı.

- Abim: "iyisiniz sanırım" dedi. Adam özür dileyerek bir an ablama benzettim, rahmetli ablama dedi. "Aslı, eşim" diyerek yengemin elinden tutarak tanıştırdı adamı. Aslı o sırada soğuk soğuk terliyordu, bir ara ayağı tökezledi, abim *"iyi misin canım"* dedi.. Aslı koltuktan tutunma ihtiyacı hissederek, *"başım döndü"* diyebildi ancak.. ve yengem yere yığıldı, o sırada ben hariç salonda bir çığlık;

- Aslııı....

Aslı'nın bir koluna abim, bir koluna evdeki yabancı girip koltuğun üzerine uzanmasını sağladılar. Abimin hiç o kadar telaşlandığını görmemiştim. Ne olduysa o garip adamı gördükten sonra olmuştu zaten, tartışmalar, sinirlenmeler..

- "Ne duruyorsun, ilk yardım çantasını getir" dedi abim, bir yandan da Aslının ayaklarının altına yastık koyuyordu. Tansiyonunun düştüğünü sanıyordu galiba. Bir yandan da "Aslı, Aslı.." diye bağırıyordu, sesi yukarıdaki holden bile duyuluyordu. Abim aşağıya indiğimde el bileğinden Aslının nabzını kontrol ediyordu. Neyse ki şükür, nabzı iyi diyerek elimdeki ilk yardım çantasından tansiyon aletini çıkartıp, Aslı'nın koluna bağladı..

Ayakta kalmış garip adama takıldı gözüm, gözlerini Aslı'ya doğru dikmiş, alev almış gözlerle ona bakıyordu. Aslı'yı nereden tanıyordu acaba..? Tanıdığı kesindi, ona her baktığımda gözleri Aslı'nın üzerindeydi çünkü. Yengem gözlerini aralayınca abim de rahat bir nefes almaya başladı. O sırada yabancı adam, *"çok meşgul ettim her şey için teşekkür ederim"* diyerek kapıya yöneldi. Abim; *"ne demek, elimizden geleni yapmaya çalıştık ama bir doktor kontrolünden geçseniz daha iyi olur"* dedi. Abim; *"bir dakika size kartımı vereyim yardımcı olurum"* dediği anda Aslı abimin elini sıkıca tuttu onu bırakmaması için, neyse diyerek çalıştığı hastanenin adını vererek yardımcı olabileceğini söyledi abim.

- "Derya misafirimize kapıya kadar eşlik et" dedi. Kapıya doğru geldiğimizde, "size de teşekkür ederim küçük hanım" dedi elini uzatarak, "ben Erkan" dedi. Bugüne kadar hiç duymadığım narin yumuşak sesiyle. Ben de elimi uzattım, ben de Derya geçmiş olsun dedim. Kapıyı kapatırken birden elimi bileğinden tutarak bir daha görüşeceğiz küçük hanım dedi. Önce ürktüm ama hoşuma da gitmedi değildi yani.

Ne garip, nereden çıktıysa artık ammann sanki nasıl görüşeceğiz diye mırıldanmama fırsat kalmamıştı ki, abimin sesi;

- "Derya yengeni odasına çıkartalım hadi" dedi.. Yengemi odaya taşıdıktan sonra uzun bir süre bugün akşam üstü başıma gelenleri bir film şeridi gibi düşünmeye başladım. Adamı ilk görüş anım, her defasındaki farklı düşünce sebeplerimi irdeledim durdum. Net bir şey vardı, adam hırsız, berduş veya kimsesiz değildi ve bence oldukça iyi eğitimli biriydi. Ahh o ses tonunu bir daha duyabilecek miydim acaba.?

＊＊＊

Kapıyı kapattıktan sonra bir garip oldum, bir geceye ne çok duygu sığdırmıştı bu gizemli adam. Çorba kasesini akıtıp makineye koyduktan sonra, bir elma alıp yukarı yatak odama çıktım. Telefonum geldi aklıma, Mert bir kere bile aramamıştı ne oldu ki acaba diye düşünürken telefonumun mesaj sesiyle irkildim. Mert yazmıştı kalbim gümbür gümbür atıyordu;

- "Canım kusura bakma annemle ilgili acil bir şeyler çıktı, yarın anlatırım, öptüm meleğim."

Dile kolay tam iki sene olmuştu Mert'le çıkalı, bazen garip davransa da hissedebiliyordum sevgisini. Sevmek, kendi sevginin esiri olmak değildir zaten, sevildiğini hissedebilmektir çoğu zaman. Yatmadan önceki suratımı hayal edebiliyordum, elimde telefon yüzümde kocaman bir gülümseme, *"kendine gel Derya"* dedim, *"hemen mayışma, ya garip duygudur aşk ya, varlığı ayrı bir dünya yokluğu ayrı."*

Sabah ilk uyanan yine her zamanki gibi ben olmuştum. Zehra ablanın hazırladığı kahvaltıyı abimle yengemi beklemeden yaptım. Bugün günlerden pazardı, herkes kafasına göre takılırdı. Zehra ablaya *"ellerine sağlık"* dedikten sonra bizimkilere görünmeden çıktım evden. Güzel bir köprü gezintisi iyi gelecekti sabah sabah, güneş biraz da olsa yüzünü göstermişti bugün, sanki pazar olduğunu anımsayarak. Saatime baktım saat 10:00'du. Daha kimseyi aramamalıydım. Ezgiyle bugün öğleden sonra planım vardı zaten, Mert desen bu saatte hayatta uyanmazdı. Köprünün üzerinden geçerken, bir korna sesi duydum karşıdan, son model bir araba. Acaba Mert mi diye bakındım ama o değildi. Bir yirmi dakika sonra köprü gezintimi tam bitirmek üzereyken yanımda karşıdan bana korna çalan araba durdu.

Sabah sabah karşımda duran o yakışıklı suratı bir rüya sandım, yok öyle bir güzellik.. Biraz şaşkınlıktan sonra, o ses evet evet.. o sesti. *"Günaydın derya hanım"* dedi, *"siz ama.."* diyerek kekelemeye başladım. Dün geceki gördüğüm adam gitmiş sanki dünyanın en yakışıklı erkeği gelmişti yanıma. *"Günaydın"* dedim, gülümseyerek.

- "Size bir kahvaltı ısmarlaya bilir miyim?" dedi.

- "Teşekkür ederim kahvaltımı yaptım" dedim.

- "Kahve ne olacak o zaman? Bir kahve sohbetinde bulunmamıza müsaade edin lütfen" dedi. Bir yanım hadi iç bir iki diyordu, bir yandan da hayır ne münasebet nereden çıktı bu düşünceleri aklımı karıştırmıştı. Çıkan titrek bir sesin eeeevett.. dediğini duydum sadece. Arabadan indi, benim kapımı açtı. Kendimi prensesler gibi hissettim. Tuhaf olmuştum, hem adamdaki gizemi merak ediyordum, hem de ürküyordum. Daha dün gece bu sesi bir daha duyabilir miyim? acaba diye düşünürken sabah sabah karşımda bulmuştum. Buz gibi oldu ellerim, ellerimi birbirine kavuşturduğumu görmüş olacak ki, *"soğuk değil mi dışarısı"* diye sordu? Sadece *"evet"* diyebildim.

Beni boğaz manzaralı çok nezih bir mekana götürdü. Girişte bizi karşılayan şef *"hoş geldiniz Erhan bey"* dedi. Ona ters ters bakarak *"Erhan değil, Erkan"* dedi dişlerini sıkarak. Doğru adı Erkan'dı, neden Erhan demişti adam acaba, ne bileyim karıştırmıştır işte. Demek ki buranın müdavimlerindendi gizemli adam. Boğazı en güzel gören masayı seçmişti, etrafında bütün çalışanlar pervane gibi dönüyordu,

"Allahım nereye düştüm ben?" diyordum içimden, bir Cennet yoluna mı, yoksa bir Cehennem kapısına mı?

Dünkü halinden eser yoktu yüzünde, mavi gözleri olmasa tanıyamazdım hatta. Bir insan tıraşla ve kıyafetle o kadar değişebiliyor muydu acaba diye düşündüm. Gözümü üzerinden alamıyordum, etrafı süzüyordu, tanıdık olacak ki bir başka masadaki insanlara başını öne eğip selam veriyordu. O güzel mavi gözlerine insanın baktıkça bakası geliyordu. Silkelenmeyi pek çok kez denememe rağmen olayı akışına bırakmaya karar verdim.

- "Evet" dedi sıcacık tebessümüyle ne alırdınız? küçük hanım" dedi. Off o konuştukça içimin yağları eriyordu resmen, ben Mert'e aşıksam bu duygu ne oluyordu bunu anlamıyordum. Yok yok, aşktan daha öteydi bu duygu, güzelliğe vurulmuşluk duygusu sanırım. Bunu genelde bana söylerlerdi de, benim bunu bir erkek için söyleyeceğim hiç aklımın ucundan geçmezdi. Bir fincan latte alabilirim dedim, peki diyerek kendine ve bana latte getirmesini garsona iletti.

- "Dün evde yarattığım gerginlik ve keyifsizlik için gerçekten özür dilerim Derya. Üç ay evvel kardeşimi kaybetmiştim, her ay dönümü bana o günü hatırlatıyordu, dün de üçüncü ay dönümüydü anlatamam neler hissettiğimi. Dün sizden çıktıktan sonra aklım başıma geldi, kendi kendime söz verdim kendini toplaman gerek Erkan" diye.

- "Yengemin resmine baktın dün bütün gece, ona benziyordu sanırım kardeşin, gerçekten çok üzücü bilirim ölüm duygusunun insanda bıraktığı izleri, başınız sağ olsun" diyebildim sadece..

- "Erkan, belki de ben seni görmemiş olsaydım dün köprünün üzerinde daha kötü şeyler olabilirdi dün gece. İyi ki oradaydın Derya, iyi ki yolda bulduğunda da görmemezlikten gelmedin. Her şey için gerçekten çok teşekkür ederim dedi. Elimde sihirli bir değneğim olsaydı da keşke, sevdiklerimizi de geriye getirebilseydim, ama acılar da insanlar için işte", diyebildim.

- "Neyse güzel bir pazar sabahı daha farklı konulardan konuşalım, neler yapıyorsun, öğrenci misin, çalışıyor musun ?" diye arka arkaya sorularını sıralamaya başladı.

- "Öğrenci sayılırım, son iki senem kaldı, diş hekimliğinde okuyorum."

- "Erkek arkadaşın var mı ?" diye sorduğunda ağzımdan çıkan -hayır yok ! cümlesiyle uzaktan yakından hiçbir ilgim yoktur. İyice saçmalamaya başlamıştım. Kahvemi içsem de bir an evvel normal hayatıma dönebilsem. Adamda sanki farklı bir tılsım vardı, karşısındaki her insanı etkileyebilecek kişilikteydi. Görsel karnavalı anlatmaya bile kelimelerim kifayetsiz kalırdı, yok böyle bir erkek. İnce çenesi, çıkık elmacık kemiği hele o mavi gözleri, Allahım özenmiş de yaratmış. Bendeki de kirpik mi ektirmiş midir acaba.

- "Peki o zaman konuşmak istemediğine göre, birbirimizi seyredelim" cümlesi, başımın üstüne tuğla düşmüşçesine derin duygulardan uyandırmıştı beni, nee..seyretmek mi..?

Kopya çekerken yakalanmış bir öğrenci edasıyla yanaklarım kızardı, ne yapacağımı bilemedim. Ellerim masanın altında soğuk havaya inat ter içinde kalmıştı. Ne şapşal bir şey olmuştum ya, gözlerimi ondan ne kadar kaçırmak istesem de her anında ona yakalanıyordum. Yok, en iyisi müsaade isteyip gitmek, *"şey.. pardon bir işim vardı şimdi aklıma geldi, benim acilen çıkmam gerek dedim çantamı toparlayarak."*

- "Ne çabuk kahvemiz bile gelmedi daha, lütfen ısrar ediyorum" diyerek çantamı tuttuğum bileğimden tuttu. Ya rabbim bu ne elektriktir, bayılacak gibi oldum ve kalktığım yere tekrardan oturdum. Neyse ki araya kahvelerimizi getiren garson girdi, ben de izin isteyip garsona lavaboyu sorup kalktım yerimden. İlk işim yüzümü soğuk suyla yıkamak oldu. *"Kendine gel, kendine gel Derya"* demekten, zafiyet geçirecek oldum artık. Yüzüme su döktükçe nasıl buram buram yandığımın daha çok farkına varıyordum. *"Aptal mısın kızım sen? Senin bir sevgilin var, ne bu budalalık"* diye aynadaki benle konuşuyordum. Üstümü başımı düzelttikten sonra *"derin nefes al, derin nefes al"* diyerek kendi kendime telkinde bulunarak, Erkan'ın oturduğu masaya gittim.

- "Ne kadar güzel manzara değil mi ?" diye sordu yerime oturur oturmaz, gözleri denize bakarken, *"evet dedim insanı başka diyarlara götürüyor."*

- "Suyun terapisi diyorum ben buna."

- "Nasıl?" dedi..

- "Hiç dikkat ettin mi? İnsan mutluyken gökyüzüne, mutsuzken denize bakar."

- "Hayır" dedi. "Bak şimdi insan mutsuz olduğunda denize bakar ki, deniz onun da mutsuzluğunu alıp götürecek sanır. Oysa ki bilmez ki insanoğlu, acı sudan derindir, dibe çöker, yağ gibi üstte kalmaz. Mutlulukta haykırmak istersin, herkes bilsin istersin, acıdaki suskunluğun, mutlulukta avaz avaz çıkar. O yüzdendir ki acı içinde yanar, mutluluk ise dost sandığını yakar. Yani benim kendi düşüncem bu, bilimsel bir çalışma sonrası çıkmış bir şey değil."

- "Aslında çok haklısın Derya, aynen katılıyorum sana filozof arkadaşım benim."

- "Oh be ! Normale dönebildim artık" diye düşünürken, Erkan'ın ben Amerika'daydım aslında, 5 ay oldu döneli demesi oldu. Kardeşimin rahatsızlığı nedeni ile geri döndüm bir aya kalmaz geri dönmem gerekiyor, demesiyle başımdan aşağıya kaynar sular döküldü. Ne bu yani, kalbimin bir kelebek gibi bir sağa bir sola kanat çırpması, bunca şapşallığım boşuna mıydı?

Çalan telefonu duymuyordum. Erkan, "telefonun çalıyor" dedi. Telefona baktığımda arayan Mert'ti, hiç bu kadar sevinmemiştim aramasına, *"Efendim Mertçiğim"* diyerek açtım telefonu. Mert bile afallamıştı bu cümleden, *"neredesin görüşelim"* dedi. *"Tamam otuz dakikaya kadar beni Ezgilerden alırsın"* dedim. Erkan'ın gözlerinin içine bakmadan, *"üzgünüm çıkmam gerek arkadaşımla buluşmam gerekiyor*" dedim. İnce cılız bir sesin "*peki..*" dediğini duydum sadece ve arkama bile bakmadan çıktım.

***

Asansöre bindiğimde başım deli gibi dönmeye başladı, bir el sıkıyordu sanki bir yandan. Asansörün durmasıyla kapısından tutuna tutuna çıktım. Diğer asansörün gelişinin sesini duydum sadece, gerisini hatırlamıyorum.. Titreyerek uyandım, tavana baktığımda olduğum yerde olmadığımı anladım. Uyandın mı ? diyen ses. Ses Erkanın sesiydi, nasıl olur ne işim var onunla dedim. Çok büyük bir odanın kanepesinde uzanmış durumdaydım, yerimden kalkarak; "*ne oldu, ne zaman geldim buraya?*" diye sordum.

- "Seni bırakmak için diğer asansöre binmiştim, giriş katında yarı baygın bir şekilde olduğunu görünce, evim yakındı buraya getirmek istedim. Sakın yanlış anlama" dedi.. kibar ve yumuşak ses tonuyla. Off başım dönüyor, en son o halde olduğumu hatırladım birden. Dedikleri doğruydu, çünkü asansördeki baş dönmemi hatırlamıştım, gerisi yoktu zaten.

- "Ha bu arada telefonun çok çaldı Mert diye biri aradı, bakmadım yanlış anlaşılma olmaması için."

- "Saat kaç diye" sordum, "*saat 13:00*" dediği anda "*eyvah kaç saattir buradayım*" dedim, "*sanırım iki saat olmuştur*" dedi Erkan.

- "Teşekkür ederim şimdi çıkmam gerek" diyerek çantamı taktım koluma,

- Erkan, "iyi misin? iyi görünmüyorsun" diyerek diğer elimden tuttu. Neydi bu şimdi hastalık tesellisi mi, "*istemez*" diye mırıldanarak sert bir şekilde ittim elini.

- "Ne oldu dedi Erkan?"

- "Bir şey yok, kusura bakma senin de vaktini aldım" diyerek yarı aygın yarı baygın bir şekilde çıktım evden. Arkamdan kapıyı açarak, *"gideceğin yere bıraksaydım"* dedi.

- "Gerek yok taksiyle giderim" dedim. Kulaklarımın uğuldaması haricinde hiçbir şey duymuyordum. Ne büyük bir siteymiş, neresi burası diye bakındım, yolda gördüğüm bahçıvana çıkışı sorarak siteden çıkmayı başardım. Tam giriş kapısının yanında taksi durağı vardı, taksiye biner binmez Mert'i aradım cevap vermiyordu. Taksiciye ev adresini söyleyip eve doğru yola koyuldum. Nasıl bir gündü bu böyle, o sırada telefonum çaldı, arayan Ezgiydi, *"efendim canım"* dedim. *"Neredesin hadi seni bekliyorum İstiklal caddesinde"* dedi. Bu halde eve gitmesem daha iyi olacaktı zaten, Hem Ezgiyle dertleşir biraz rahatlamış vaziyette dönerdim eve. Bu halde gidecek olsam, abim de yengem de ne oldu diye soru yağmuruna tutacaklardı beni. Tam taksiden indim ki, bir ses "borcumuz ne kadar?"

Başımı çevirdiğim an da, Erkan'ın taksi şoförünün başında beklediğini gördüm. Ne münasebet, sizin başka işiniz yok mu? Lütfen, rahat bırakın artık! dedim. Ağızdan çıkan sözcüklerin her zaman doğru olamayacağını, çaresizlik anlarında insanların yalan söyleyebileceğini de keşfettim bu vesileyle, yoksa yüreğim kal.. Hep beni izle, arkamı döndüğüm yerde ol, diyordu. Ben çantamı ve kendimi taksiden çıkarıncaya kadar çoktan parayı ödemişti Erkan. *"Ne kadarmış borcum?"* diye sorduğumda.. Kolay ödenebilecek bir borç gibi görünmüyor üzgünüm dedi Erkan. Neyse, teşekkür ederim, şimdi hoşça kalın diyerek uzaklaştım olduğu yerden. Yoksa yine an meselesiydi etki alanına girmem, yok! Kesin bir şey var bu çocukta! Dün bir, bugün iki nedir bu duygu fırtınası canım. Ah Mert.. Bunlar hep senin yüzünden başıma geliyor, eğer o gece tam zamanında gelip beni alabilmiş olsaydın bunların hiçbiri başıma gelmeyecekti. Kalbim hızlı yürüdüğümden midir nedir çok hızlı çarpıyordu, bir ara soluklanma ihtiyacı duydum, tabii bu kadar adrenalin zayıf kalbime fazla geldi.

Her zamanki mekanımızda bekliyordu Ezgim, el sallayışından hemen tanıdım benim güzel dostum. O kadar çok ihtiyaç duymuştum ki ona, kollarımı kocaman açarak kucaklaştık. Elindeki tepsiyle limonata getiren Mert'i görünce şaşkınlıktan küçük dilimi yutacaktım neredeyse.

- "Mert, ne işin var burada?" demekten kendimi alamadım.

- "Ne demek ne işin var sana ulaşamayınca Ezgiyle sohbete dalıp beni unuttuğunu sandım, ben de Ezgi'yi aradım. Hem saatlerce aradığım halde telefonuna bakmadın, benden daha önemli ne işin vardı merak ettim doğrusu.. Neyse ki öğleden sonraya plan yapmışsınız ben de geleyim dedim, kötü mü yaptım?" dedi, bebek suratını asarak. Küçük bir bebek gibiydi Mert, hiç büyümeyen hayatın gerçekleriyle yüzleşememiş küçük bir çocuk.

Onunla yıllardır dosttuk, ta ki son iki sene öncesine kadar. Bana bir gün; *"benim karşıma senin kadar beni anlayabilecek bir kız çıkmayacağını düşünüyorum artık Derya, çıkalım mı ne dersin?"* Sorusuyla geldi, latifeyle başlayan dostluk, alışkanlık bu şekilde aşka dönüştü. Bugünkü yaşadığımın daha başka bir anlamı da yoktu aslında, eğer Mert'le yaşadığım aşksa, bugün yaşadıklarım; neyin nesiydi acaba?

Allak bullak olmuştum, Mert'e bakarken bir rahatsızlık hissetmiyordum, bilse bugünkü duygusal kasırgamı elbette ki kızardı, suçlardı. Ama o hala gözlerimin içine bakıyor, endişe ile.. Merak etmişti, saatlerce ona dönmememi. Bir insanın diğer bir insan tarafından önemsenmesi duyguların en güzeli bence. *"Aşkım, aşkım.."* sözleri uyandırdı beni düşüncelerimden, okuldan bir arkadaşa uğramak zorunda kaldım, saatin nasıl geçtiğini anlamadım bile, eve uğradım falan derken telefonu bile fark edememişim, *"özür dilerim aşkım"* diyerek yanağına bir öpücük kondurdum. Neyse ki açıklamam tatminkar gelmiş olacak ki, fazla üzerinde durmadı. Ezgi bir garipti, bir bana bir Mert'e bakıyordu.

Canım yaaa, o da olanları anlamaya çalışıyordu yazık, bir öpücük de onun yanağına kondurdum. *"Eee Mert bana içecek yok mu canım?"* diyerek sitemde bulundum. Amacım onun masadan kalkmasını sağlayarak Ezgi'ye yalnız kalmamız gerektiğini söyleyecektim. Çünkü içimdekileri biriyle paylaşmam gerekiyordu, yoksa patlayacaktım.

- "Ezgi, sen yalandan limonatalarımızı içtikten sonra Mert'e benimle beraber sadece kadınların gidebileceği yere gitmen gerekliliğini söyler misin?"

- "Hayırdır Derya? Bir sorun yok değil mi canım?"

- "Yok.. yok da canım seninle konuşmaya ihtiyacım var."

- "Peki".. dedikten sonra canım arkadaşım, karşıdan gelen Mert'e tebessüm etti. Mert dün bana geri dönememesinin nedenini anlattı, annesinin tansiyonu çıkmış, hastaneye gitmişler telefonu evde kalmış, özür dileyerek kapattı konuyu. *"Olur öyle şeyler insanlık hali canım"* diyerek özrünü kabul ettim. Limonatalarımızı yudumlarken, *"Mert kusura bakmazsan az sonra Derya'yı da alıp bir yere gitmem gerek, kızmazsın değil mi?"*

- "Hayır da, bensiz gidebileceğiniz yer neresi onu merak ettim, buluşmuşken beraber takılalım işte sinemaya gideriz, olmaz mı?" dedi Mert.

- Araya girme gereksinimi duydum; *"aşkım gideceğimiz yer bayanlara özel, irdeleme istersen"* dedim kinayeli bir şekilde. Mert çok kibar çocuktu, özür dileyerek *"tabii ki gidebilirsiniz"* dedi.

- "Hadi içelim limonatalarımızı" dedim, ilk bitiren Mert'ti. *"Ben de çıkmışken biraz gezeyim, Volkanları arayayım buralardadırlar, onlarla vakit geçireyim ben de"*, dedi.

- "Tamam aşkım" diyerek, tek yanağına öpücük verdim ve ayrıldık. Caddede kol kola girerek, *"ee anlat bakalım, o önemli gelişmeleri"* dedi Ezgi.

- "Öyle ayaküstü anlatılabilinecek bir konu değil, istersen annenler dönmedilerse memleketten, size gidelim dedim."

- "İyi o zaman, ortalık biraz dağınık ama görmezden gelirsin artık, bugün Pazar evdeki kadının tatil günü" dedi, gülümseyerek. En yakınımızdaki taksi durağından taksiye bindik, her zamanki gibi ben ödeyeceğim, yok ben ödeyeceğim..nidalarıyla vardık eve. Eve gider gitmez, *"dur ben az odamı toparlayayım"* dedi Ezgi.. *"Amaan ne gerek var hadi beraber toparlayıp, bir kahve keyfi yapar sonrasında sohbet ederiz"* dedim. Hayır, hayır..telaşını anlamış değildim Ezginin, hızlı adımlarla üst kattaki odasına gitti.. *"Peki o zaman ben biraz televizyon izleyeyim"* dedim. Bugün hiç su içmediğim geldi aklıma, mutfağa girdim masadaki şarap kadehleri gözüme çarptı. Engin'le barıştı mı acaba diye, düşünmedim değil. Neyse o anlatır zaten bana birazdan diyerek pek önemsemedim. İki bardak su içmeme rağmen hala hararet vardı vücudumda, *"regl dönemim"* de yakın değildi. İçeriye girdiğimde Ezgi çoktan aşağıya inmiş, sehpanın üzerindeki cips tabaklarını toplamaya çalışıyordu. "Dün *misafirin vardı sanırım*" dedim, yan yan bakarak.

- "Yoo ne alaka, üst üste her defasında yeni tabağı getirince böyle oldu."

- "Yaa o zaman mutfakta ki şarap kadehlerine ne diyeceksin?"

- "Hadi akşam saat beşte masaj randevum var, az bi zaman kaldı zaten, hadi otur da konuşalım" dedi.

Konuyu üstünkörü kapatmak isteyişini yadırgamıştım, bizim Ezgi'yle hiçbir zaman paylaşmadığımız sırrımız yoktu, ya da ben öyle sanıyordum. Birden benden bir şeyler sakladığını düşünmeye başladım, o yüzden ona yaşadıklarımı anlatmama kararı aldım. Sadece dünkü köprünün üzerindeki esrarengiz adamdan bahsettim, o kadar.

- "Ne yani, bu muydu şimdi ısrarlı bir şekilde Mert'i bırakıp eve gelmemizin nedeni?"

- "Evet, ne oldu ki, hem bugün seninle değil miydi planım? Neden bu konuyu bu kadar uzatıyorsun anlamış değilim, Mertle randevum dündü, bugün değil canım!" dedim sinirli bir şekilde, kızgın olduğumu görünce: *"tamam güzelim, kusura bakma gerildim ben de, biliyorsun kötü günler geçiriyorum ben de"*,

- "Mert'in beni aldatmasını hala hazmedemedim."

- "Mert' mi ?"

- "Ne Mert'i canım ağız alışkanlığı işte, Engin diyecektim." Ezginin yüzü duvarın rengiyle bir olmuştu resmen.

- "İyi misin sen ?"

- "Akşam fazla kaçırmışım sanırım, biraz uyusam iyi olacak" dedi.

- "İyi o zaman ben çıkayım, bana ihtiyacın olursa aramayı unutma sakın", diyerek çıktım evden. Evlerimiz, yani abimlerin eviyle yakındı Ezgilerin evine. En iyisi yürümek, temiz hava her zaman zihin bulanıklığının en iyi ilacıdır diye boşuna dememişler. Köprüye baktım şöyle karşıdan. Ey köprü, yıllardır seni görürüm, senin üzerinden kah yürüyerek, kah arabayla geçerim, hiçbir zaman bu sabahki gibi etkilememiştin beni, diyesim geldi birden. İyice saçmalamaya başlamıştım, kendi kendimle konuşmayı bırakıp, bir de köprüyle konuşmaya başlamıştım.Yok, yok temiz hava da fazla kalmakta iyi değilmiş, öyle zihin falan da açmıyormuş..diye mırıldanarak giderken, ani bir fren sesi duydum. Arkama baktığımda küçük bir köpeğin, bana doğru kaçarcasına koştuğunu gördüm. Ayy.. sen ne sevimlisin öyle dememe fırsat kalmadan, bir kadın indi arabanın arka koltuğundan.

- "Neden köpeğinize sahip çıkmıyorsunuz? Sizin yüzünüzden az daha köpek katili olacaktık" dedi.

- "Nasıl ? yani" dedim.

- "Öncelikle şunu belirtmeliyim ki hanımefendi, bu köpek benim değil, ben arabanızın acı fren sesini duyup arkamı döndüm. Bu sırada da şu an yanımda olan köpek bana doğru koşmaya başladı, anlatabildim sanırım" der demez, arkama bile bakmadan eve doğru gittim. Hayret bir şey ya, kadına bak, önce insan sorar bu köpek sizin mi? diye. Yok insanlar iyice kendini bilmez olmuş, gördüğü gibi yargılıyor ne alaka ya, ey Ya rabbim sen sabır ver.. Hayret, evde kimse yok, abim yengemin gönlünü almak için dışarıya yemeğe çıkardı sanırdım.

Telefonum çalıyordu, arayan Mert'ti, *"canım ne yapıyorsun?"*

- "Evdeyim canım ne olsun."

- "Eee işinizi halledebildiniz mi Ezgiyle?"

- "Aaa..evet canım, ben de eve geldim şimdi zaten. Keyfi de yoktu Ezginin."

- "Ne oldu ki ?" diye sorunca Mert, sinir olmuştum. Daha önceleri ben Ezgiyle ilgili bir şeyler söylerken, aman şimdi boş ver Ezgi'yi, bizi konuşalım diyen adam Ezgi için meraklanmıştı. Sinirle; "Ezgiyi arar, sorarsın canım.." diyerek kapattım telefonu. Ne diye kurt düşmüştü ki şimdi, tabii sen başka bir erkek için heyecanlanırsan, Allah da sana o kurdu öyle düşürür işte. Off o adamı düşünmek bile istemiyordum, bırak yüreği akıllara zarardı. Sen git Allahın Amerikalarına yalnız ol.. Mümkün mü ? Asla, kesin kız arkadaşı vardır onun. Rahat duracak bir tipi de yok zaten, gereğinden fazla düşünceli. Dün geceki, köprünün üzerindeki adamla, bu sabah gördüğüm adam arasında bağ kurmaya çalışıyordum, ama nafile. Of, of, of neden her boş anımda bu adamı düşünüyorum ki. En iyisi biraz uyumak, kendime gelirim belki o zaman. Yatağıma uzanıp, tavana doğru bakınıyordum ve karşımda Erkan…

***

Uyandığımda odamdaki lamba yanmıyordu, bu abimle yengemin eve geldiği anlamına geliyordu. Usulca kalkıp ışığı yaktım, saate baktığımda saatin 22:00 olduğunu gördüm. Kafam biraz daha rahatlamış hissediyordu, şu ev ahalisine bir selam vereyim dedim. Evdeki hol harici bütün ışıklar kapalıydı, haydaa bu saatte uyumazlar, nereye gittiler acaba. Salona geldiğimde sehpanın üzerindeki kağıt dikkatimi çekti. Demek ki bana not bırakmışlar diye düşünerek okumaya başladım;

- "Deryacım, eve geldik, üzerimizi değiştirip yemeğe çıkacaktık, sen uyuduğun için uyandırmaya kıyamadık. Gelmek istersen, her zaman ki mekandayız. Öptüm .. Aslı.."

İyi oldu doğrusu ee şimdi ne yapmalıyım derken karnımın guruldama sesi geldi kulağıma. Mutfağa gidip bir şeyler atıştırırım artık. Dur ya! Mert'i arayayım beraber bir yerlerde oturur, hem sohbet eder hem de yemek yeriz. İkinci çaldırmamda açtı telefonu Mert,

- *"efendim canım"* diyerek.

- *"Mert, akşam yemeğini yedin mi ?"*,

- *"Evet canım, ne oldu?"*

- *"Sen aç mısın yoksa hala bu saatte ?"*

- " *Biraz fazla uyumuşum sanırım."*

- *"Dur seni alayım, bir şeyler yedireyim canım, yirmi dakikaya sitenin girişine inmiş ol."*

- *"Tamam canım"* diyerek, hazırlanmaya başladım.

Abartmaya gerek yoktu, *"hamburger falan yeriz"*, beni bu saatte alıp nezih bir mekana götürecek değil ya. Aşağıya inmem, on dakikayı bile bulmamıştı. Sitenin girişinde, dün geceki görevli Kazım beyle karşılaştık. *"Nasılsınız Derya hanım?"* diye sordu, teşekkür ettim. Sonra dün geceki adamın nasıl olduğunu sordu. Şimdi bana sorulacak soru muydu bu!

- Of off, "abim iyi olduğunu söyledi ve dün gece birkaç saat sonra gönderdi. "

- "Yazık, kimsesi acaba, dalyan gibi adam resmen yıkılmış" diye mırıldandı.

- "Kim bilir.. diyebildim ve iyi akşamlar" diyerek ayrıldım. Daha fazla bu sohbeti sürdürecek havada değildim çünkü. Nihayet, arabanın ışıklarından fark ettim, Mert geldi.. Arabaya bindiğimde buram buram İtalya'dan getirdiği parfüm kokuyordu.

- "Mert salaş bir yere gidelim canım" dedim.

- "Mert, orasını bana bırak canım, seni yeni keşfettiğim yere götüreceğim" dedi..

- "Mert Allah aşkına şu üstüme başıma bak lütfen oraya başka bir gece gideriz" dedim.

- "Senin endamın yeter güzelim" diyerek bir otoparka park etti arabayı. Arabadan indiğimde, içim bir tuhaf oldu, şimdi ne gereği vardı böyle bir yere gelmemizin. *"Hadi canım"* diyerek tuttu elimden, gerçekten de çok nezih bir mekandı geldiğimiz yer. Cam kenarında bir yere oturduk, manzara muhteşemdi, ışıl ışıldı her yer. Herkes en güzel, en şık elbiselerini giymiş bir defileye çıkmıştı sanki. Kendimi huzursuz hissettim. Tam garsona sipariş verecektik ki, aman Allahım, bu nereden çıktı diye düşündüm. Erkan.. evet evet Erkan'dı bu ! Olamaz hem de tam karşımda ki masaya oturdu. O da beni görmüştü, alaylı bir şekilde gülümsemekle yetinmişti. Hımm karşısındaki kadın, yüzünü göremesem de, sarışın oldukça hoş birine benziyordu, aman bana ne diye geçirdim içimden. Güzel bir yemek siparişi verdikten sonra, Erkan'ların masadaki tartışma sesleri gelmeye başladı kulağımıza. Kavganın volümü her geçen dakika daha da şiddetleniyordu. O sırada Mert arkasına döndü, Ela..diye seslendi, ağlayan kadın Mert'in seslendiği yöne doğru baktı. Mert! dedi. Bu da nereden çıktı şimdi, bu kız kimdi '?..Hem de Erkanın masasında ki kadın, Mert'i nereden tanıyordu.

Canım benim diyerek sarıldı, Mert'e kaşla göz arasında. Ne olduğunu anlamaya çalışıyordum.

- "Ela, ne bu halin? Sorun nedir anlatır mısın?" dedi. Ela masadaki Erkan'ı tanıştırıyordu, erkek arkadaşım diye..

- "Nasıl, nasıl yani..Dur yok, yok..anlamadım ben şimdi",

Ela denen kız Erkan'ın sevgilisi miydi şimdi. Peki o zaman bu Ela denen kız Mert'in neyiydi? O sırada Mert, Ela ile bana dönmüş, sevgilim diye tanıtıyordu. Ayağa kalkıp merhaba, ben Derya diyebildim, Mert'te Ela'nın teyzesinin kızı olduğunu söyledi. Haydaa.. İşler daha da karışmıştı şimdi. Ela, sorun olmadığını, erkek arkadaşı ile ufak bir anlaşmazlık yaşadığını söylüyordu.

- Erkan; "tanışmamız pek şık olmadı ama, isterseniz aynı masada bir şarap içerek bu tanışmayı taçlandırabiliriz" dedi.

Bak bak..Taçlandırmakmış, elalemin kızını ağlat, sonra da hadi tanışalım mış..Tam bir odun bu adam. Mert, Elaya dönerek sen nasıl istersen öyle oturabiliriz dedi. Ela Mert'in elini tutuyordu sıkı sıkı, yanımda kal dercesine. Mert bana dönüp, canım sence de sakıncası yoksa Ela'ların masaya oturalım istersen. Ela, Erkanın yanına oturdu, Mert de Elanın karşısına. Korktuğum başıma gelmişti, odun adam da benim karşımdaydı. Mert, tekrar Erkan'la tokalaşarak, beni tanıştırdı *"sevgilim Derya"* diyerek. Küçükhanımı zaten tanıyorum dedi Erkan pervasızca. Mert ve Ela gözlerini kocaman açarak;

- Nasıl ? Nerede ? sorularını sıralamaya başladılar. Erkan da sitenin önünde geçen olayları ve evimize geliş halini anlattı. Mert bunun ne zaman olduğunu sorduğunda, şey geçen hafta diyerek araya girdim, dün gece oldu dememeliydi. Yoksa Mert yalan söylediğimi anlayacaktı. Demek ki önemsiz diye Derya anlatmadı bana dedi, Mert. Ela o andan sonra gözlerini bana dikmiş bir vaziyette oturuyordu. Gelen yemek beni mi yedi ben mi yemeği anlamadım. Masa da sessizlik hakimdi. Ela lavaboya gitmek için müsaade istedi, arkasından Erkan da kalktı. Döndüklerinde ikisinin de havası değişmişti. Bir on dakika önce kavga eden çift onlar değildi sanki. O sırada Erkan'ın telefonu çaldı müsaade isteyerek, kalktı masadan. Benim de lavaboya gitmem gerekli diye düşündüm, hem bu arada Mert'le kuzeni de rahatlıkla konuşabilirdi. Lavaboda oyalanmam gerekliliğini hissettim. Rujumu tazeledikten sonra çıktım, lavabo çıkışında, dışarıya doğru uzanan terası fark ettim, biraz hava almak iyi gelir hem biraz oyalanmış olurum diye düşündüm.

***

Teras çok ufaktı ama manzara müthişti. Hava ayaz olmasına rağmen gökyüzü ışıl ışıl gerdanlığını takmıştı. Bütün gökyüzü yıldızlarla kaplıydı. Terasın korkuluğuna doğru koydum kollarımı, bu muhteşem görsel şölene rağmen hala düşündüğüm tek kişi Erkan'dı. Ne kadar ilginçti, bu adam hayatıma girdiğinden beri adrenalinsiz bir günüm olmamıştı. Nasıl bu derece girebilmişti dünyama acaba. Sonra Mert'le Ela'yı düşündüm, nasıl bir rastlantıdır bu. Mertten hiç duymamıştım Ela diye bir kuzeni olduğunu. Neyse yalan söyleyecek hali de yok ya! Artık Ezgi'ye de güvenemiyordum, benden bir şeyler sakladığına emindim, iki-üç haftadır oldukça garip davranıyordu. Önceden yediğimiz içtiğimiz ayrı gitmezdi. Off, kiminle paylaşabilirdim ki yüreğimdekileri, hissettiklerimi, fırtınamı.

O sırada sıcacık bir elin arkamdan doğru bana sarıldığını hissettim. Mert, ahh bir bilsen neler yaşadığımı diye düşünerek daha sıkı sarıldım kollarına. İnanılmaz huzurlu hissettim kendimi, Mert'in kollarında ilk defa. Ana kucağının şefkatini, babacığımın o güvenini, bir dostun metanetliliğini anımsattı kolları bana, ne huzur vericiydin Mert. Hayır, asla! Bu huzuru hiçbir şeye değişemezdim ben. Beni benden daha çok düşünen insandan nasıl ayrı kalabilirdim ki. Biz hem sıkı dost, hem de birbirimizi anlayabilen aşıklardık. Bu arada, bir şey dikkatimi çekmişti; Mert kazak giymişti, gömlek değil!

Kafamı hafifçe dönmeme fırsat vermeden, daha sıkı tuttu beni, açamıyordum kollarını kollarımdan. Mert, yeter ama artık, canım yanıyor dememle onun kollarımı bırakması bir oldu. Birden bire yüzümü, yüzüne çevirdi, nasıl olabilirdi bu! Arkamda ki Erkan'mış. "Manyak mısın, sen be adam!" diyerek olduğu yerden uzaklaştım. Lavaboya gittim tekrardan elim ayağım titriyordu, tekrar o masada o adamla yüz yüze oturamazdım. Allahım kalbim, kalbim çok kötü deli gibi atıyordu, eğeri çözülmüş atlar gibi, dörtnala. Nasıl dindirebilirdim ki, hiç iyi değilim..

Kapıdan Mert'in "Derya.." diye seslendiğini duydum. "Buradayım .." diyebildim kısık bir sesle. İçeriye girdiğinde iki büklüm oturmuş yere doğru çömelmiş bir vaziyetteydim.

- "Ne oldu canım?" diye sormasına fırsat vermeden, kendimi kötü hissettiğimi beni eve götürmesini istedim.

- "Dur canım, çantanla montunu alıp geliyorum hemen" dedi.

Hemen gelmişti yanıma, kapıda Erkan ve Ela bekliyordu. İyisinizdir umarım.. diyordu Ela.

- "Teşekkür ederim, midem, sanırım midem iyi değil" diyebildiğimi hatırlıyorum. Arabaya bindiğimde hayal, meyal Erkan'ın mahzun bakışını hatırlıyorum. Gerizekalı adam her şey onun yüzünden olmuştu. Mert arabayı kullanırken hastaneye götürebileceğini söyledi, ama kabul etmedim evde biraz nane kaynatırım bir şeyim kalmaz dedim. Caddenin ışıkları, masalsı bir rahatlık verdi bana, yüreğimin atım ritmi kendine gelebilmişti, kendimi bıraktığımı hissettim. Uyuya kalmış olacağım ki, Mert'in *"geldik canım"* deyişi ile gözümü açtım.

Eve kadar gelmek istedi, ben gerek olmadığını söyledim. Kendime çok iyi bakmamı öğütleyip, hızlı bir şekilde uzaklaştı. Eve nasıl geldiğimi hatırlamıyordum bile, sabah olduğunda. O kadar yorgun düşmüştüm demek ki. Her yanım dövülmüş gibi kalktım yataktan, çalar saati bile duymamış olmalıyım. Zehra hanımın *"hadi uyanın Derya hanım"* diye seslenişini duydum. *"Uyandım, uyandım.."* dedim.

Boy aynama baktığımda inanamadım, üstümle yatmıştım. Off dün geceyi hatırlamak bile istemiyorum. Dersi kaçırdım, öğleden sonrakine yetişeyim bari. Sıcak bir duşun iyi gelebileceğini düşündüm. Gerçekten de öyle oldu. Oh be rahatladım diyerek, saçlarıma baktım aynadan çok uzamışlardı, kestirse miydim acaba. Neyse saçımı güzel kurutmalıyım, hava soğuk, sinüzitim azar sonra. Aynaya baktığımda güzel bir bayan vardı karşımda, oh be ! kendime geldim nihayet. Biraz göz kalemi, azıcıkta ruj benim vazgeçilmezimdi. Bugün teori dersim vardı, ortodonti tellerinden yaptığım şekilleri götürmem gerekiyordu, unutmadan onları da alayım. O sırada telefonum çaldı arayan Ezgi..

- "Derya, iyisin değil mi canım?"

- "İlk ders olmayınca merak ettim, daha sonra Mert söyledi, ders sonuna yakın rahatsız olduğunu. Gelecek misin? diye soracaktım."

- "Hazırlanıyorum, 2. Derse yetişirim Ezgi, sağol canım görüşürüz" diyerek kapattım telefonu.

Ne saçmalık, sevgilim beni merak etmeyecek, aramayacak, ama dostumla hasta olduğumu konuşacak, ne alaka ya! Ya neyse, okula gidince görüşürüz artık diye söylenerek çıktım evden. Sitenin güvenliğinden bir taksi çağırmasını söyledim. Ağzımda acı bir tat vardı, kahvaltı yapmadığım geldi aklıma, neyse kantinde bir tost yerim artık. İşte takside geldi, okulun adını söyledim taksiciye, sık gittiğim taksiydi zaten, tamam küçükhanım dedi. Ne küçükhanımı ya! Bu nedir, önüne gelen küçükhanım diyor, kocaman genç kızım işte, ne alaka ya! Neyse taksi şöförü dediğimi daha fazla anlamadan, yuttum kelimelerimi. Küçükhanım.. Ne kadar güzel söylemişti oysa Erkan. Sapık adam sabah sabah yine aklıma geldi.

***

Okula uzaktı biraz abimlerin evi, deniz manzarası iyi gelmişti sabah sabah. Sahilde balıkçı oltasını atmış olanlar mı dersin, sabah yürüyüşüne çıkmış olanlar mı dersin, cümbür cemaat herkes buradaydı, ne olurdu ki bugün benim okulumda olmasaydı, keşke. Sahil yürüyüşü iyi gelebilirdi, hele ki dün gece gibi bir geceden sonra. Okulun girişine geldiğimizde indim taksiden, ücretini verdikten sonra, okula doğru yürümeye başladım. Arkamdan bir ses, Derya hanım, Derya hanım.. Döndüğümde tam karşımda duran Erkan'dı. Dün için gerçekten çok özür dilerim, kendimi tutamadım ama yanlış anlamayın sakın, ölen kız kardeşim geldi aklıma, ben de anlamadım birden bire oldu her şey, lütfen beni affedin! dedi. Ne diyeceğimi şaşırdım, haklıydı kız kardeşi öleli daha kısa bir zaman olmuştu.

- "Bir daha olmasın lütfen, tamam sorun yok !" diyerek hızlı adımlarla yürüdüm, arkama bile bakmadan. Şu an onu düşünemezdim diye düşünürken birden ortodonti tellerini evde unuttuğum aklıma geldi. Ey sevdalı, nereye gidiyorsun elin boş dedim, kendi kendime. Apar topar çıktım okuldan, aksi gibi taksi durağında araba da yoktu, o sırada bir korna sesi yine Erkan. Gideceğiniz yere kadar bırakabilirim dedi, "*sağol gerek yok!*" dedim.

- "Lütfen, bakın gerçekten dün gece kötü bir niyetim yoktu. O kadar işimin arasında sırf sizden özür dilemek adına geldim okulunuza."

- "Bu arada, okulumu nereden öğrendiniz?"

- "Sevgilinizin kuzeninden..dedi."

Utandım birden, sevgilim yok dediğim adam, bu cümleleri kuruyordu şimdi bana. "*Tamam anladım, gidebilirsiniz artık*" dedim. Gitmeye pek niyeti yoktu, sizi gideceğiniz yere kadar götüreyim affedildiğimi o zaman anlarım dedi. Israrına dayanamadım, eve dönmem gerek bir ödevimi unutmuşum dedim. Arabaya bindiğimde ikimiz de konuşmadık, o iki sefer telefonuna gelen çağrıları yanıtladı, birinde İngilizce konuştu, birinde de Rusça. Anlaşılan oldukça yoğundu. Anlamadığım bu yoğunluğunun arasında, bana karşı neden bu kadar ısrarcıydı? Çünkü İngilizce konuştuğu adamdan özür diliyordu, yaklaşık 1 saat sonra adamın kaldığı otelin lobisinde görüşebileceklerini belirterek kapattı telefonu. Ben anlamamazlıktan geldim. Sahile bakarken ilk geçerken gördüğüm balık tutan, yürüyüş yapan insanlar gözüme çarpmıyordu bu sefer, aksine denizin laciverti aldı birden gözümü. Derinlere gittim, Erkanın beni kollarının arasına aldığı o anı düşündüm. Bilmediğim, dokunmadığım kollar ne çok yanıltmıştı beni, tebessüm ettim bunları düşünürken.

- "Sıkılmıyorsundur umarım telefon trafiğimden dolayı" dedi Erkan.

- "Yoo, hayır devam edebilirsiniz, neticede araba sizin" dedim.

Kendisini düşündüğümü hiç anlamadan, trafiğin yoğunluğundan şikayet ediyordu. Bir ara camı açtı, elini arabanın camından doğru dışarıya uzattı. Konuşmak için kendine mazeret arıyordu, ama maalesef onu bulamayacaktı bende. Merak etmedim de değil, ama kendimle konuştum bu durumu. Ve anlamsız olduğuna karar verdik, bu hareketin.

- "Kaçıncı sınıftın sen Derya?" dedi.

- "Ne yapacaksın, dişlerini çektirmek için birini mi arıyorsun yoksa" dedim.

- "Demek ki, hala kızgınız, o zaman bir İstanbul turuna ne dersin belki sakinleşirsin o zaman" dedi.

Yok, onunla baş edemeyecektim gerçekten de, *"isterseniz uygun bir taksi durağında inebilirim"* dedim. Neticede direksiyon onun elindeydi.

- "Hayır küçükhanım yaklaştık zaten, bu arada bana borcunuz çoğalıyor, ona göre."

- "İyi ! Hesaplarsınız bir gün, söylersiniz ne kadar tuttuğunu öderim" dedim.

Bizim ev de zaten kimsesizler çatısıydı..

- "Anladım, sanki bir yerlerden başıma bir tuğla geldi."

- "Tamam küçük hanım siz de o gece ki borcumu hesaplarsınız, bu şekilde de ödeşmiş oluruz, oldu mu?"

- "Olmadı ama öyle olsun hadi diyerek kapattım konuşmayı."

- "Sağ tarafta müsait bir yerde inebilir miyim?"

- "Elbette, dönüş yolunuz da iş yerimle aynı istikamette, sizi arabada bekliyor olacağım küçük hanım."

- "Dönüş, ücrete tabi mi ?" diye sordum,

- "Elbette hayır" dedi, gülümseyerek..

Allahım deli ediyor beni, mavi gözleri ve gülüşü. Bu nasıl bir adamdır öyle ya diye düşünürken, önümdeki dikkat levhasını bile görmedim, boylu boyunca yere düştüm. Durumu gören Erkan da gelmez mi, başladık yine şamataya, hadi hayırlısı. Ayağımın sızısı gittikçe artıyordu, off sanırım ayağım burkuldu. Derse de gidemem bu ayakla artık. Elimden tutup kaldırmak için, elini uzattı Erkan. Elimi o an ona uzatmak zorundaydım. İzin verirsen arabaya kadar seni taşıyayım dedi. Ne arabası? diye sormama fırsat vermeden, şişen bileğini bir doktora baktırmamız gerek dedi. Ayağıma baktığımda gerçekten de mor bir şişlik görüyordum, haklıydı hastaneye gitmeliydim. Abimin bugün ameliyat günüydü, of ya! Nereden çıktı bu şimdi, tam da bugün. Erkan kucağına almış, arabaya götürüyordu beni.

- "İstersen benim bildiğim bir hastane var oraya gidebiliriz, hem de çok yakın" dedi.

- "Peki.." dedim istemeden de olsa. Ağrım artıyordu, geçen her dakika sonrası. Kesin burkuldu, umarım kırık yoktur.. Hastanenin önüne geldiğimizde şaşırdım, çünkü abimin çalıştığı hastaneydi burası. Nereden biliyor olacaktı ki. Arabasını park eder etmez, herkes koşturmaya başladı. İlginin bana olduğunu düşünerek hafif bir gurur yaşamaya başladım. Eee.. neticede abim bu hastanenin en iyi doktoruydu. Boynundaki steteskopla yanımıza gelen doktor; *"hoş geldiniz Erkan bey, size nasıl yardımcı olabiliriz?"* dedi.

- "Sanırım arkadaşımın ayağı burkuldu, tekerlekli sandalye almamız iyi olacak" dedi, gelen tekerlekli arabaya binerken, herkesin Erkan'ın etrafında toplanmasına bir anlam verememiştim. Acile girdiğimizde tanıdık birkaç hemşire ve memur gördü beni, abime haber vermek istediler ama onlara mani oldum. Çekilen röntgen filmi sayesinde ufak bir burkulma olduğunu öğrendik. Erkan başımda bekliyordu, utanmıştım herkesin bizi bir arada görmesinden. Şimdi yanlış anlaşılacaktı. Erkanın hastane çıkışı finali muhteşemdi ama.. Bana bakan doktorun elini sıkarken, onun için çok değerli bir meleğe yardım ettikleri için teşekkür ediyordu.

Eyvah! Şimdi yandım işte, abim kesin bunun hesabını soracaktı bana. Arabaya binerken elimi omzuna atarak bana yardımcı oldu. Ayağım bandaja alınmıştı. Doktor reçeteyi verdikten sonra ayrıldık hastaneden. Erkan'a abimin burada çalıştığını söylemedim. Anladığım kadarıyla onun da burada çalışan dostları var diye düşündüm.

- "Maşallah tanımadığınız da yok" dedim.

- "Evet" diyerek tebessüm etti, "sağ olsun eski dostlarım" diye mırıldandı.

İşin ilginç yanı bir dosttan ziyade, hatırlı bir insan olarak davranıldı Erkan'a. Anlaşılan tanınmış biriydi, aman bana ne be! Başıma açtıkları yeterliydi benim için.

- "Neden arabaya binmeden önce doktora benim için meleğim deme gereksinimi duydun?" onu merak ettim Erkan.

- "Hımm, doğru söylüyorsun, sanırım ortamın hassasiyetinden dolayı çıktı bu kelime ağzımdan. Yoksa, melek özelliklerine sahip bir kadın yok bu dünyada, hepsi elinde süpürge birer cadı sadece."

- "Keşke cadı deseydin benim için de, inan daha mutlu olurdum."

Arabayı hızlı bir şekilde kenara çekti. Kolunun birini oturduğum koltuğa uzattı ve bana yaklaşarak;

- "Bak küçük hanım! Kelimelerime öyle dolanmana gerek yok, inan sadece senin için kullanılmış özel sözler değil bunlar!" Bana yaklaşırken ki kalp çarpıntımın yerini, öfke almıştı. Bunları bana söylemesi bir an akıl tufanı yaşamama neden oldu. Sert bir şekilde kapıyı açmaya çalıştım, kapıyı açamadım.

- "Kapıyı aç!" diye bağırdım.

- "Bana öyle emir cümleleri kullanamazsın!" diyerek o daha da yükseltti ses tonunu. Sanki karşımda o gece köprünün üzerindeki adam vardı,

- "aç dedim sana", diye tekrarladım. O beni duymamışçasına,

- "aldığım emaneti aldığım yere götürmesini bilirim" dedi.

Çok hızlı kullanıyordu arabayı, Ya rabbim bu deli adamın arabasına neden binmiştim ki zaten. Sitenin içerisine girmek istedi arabayla, gerek olmadığını söyledim ve indim arabadan. Bütün ağrımı unutmuş, deli adamın söylediklerini düşünüyordum. Delirmiş olmalıydım, ne kadar zamandır tanıyordum ki, bu kadar aklımı meşgul ediyordu bu adam. Yıllardır yanımda olan, sevdiğim adam bile aklıma gelmiyordu, bu adamı tanıdıktan sonra. Ondan öncesinde de, pek aklıma gelen biri değildi Mert, ama yaşanmışlıklarımız çoktu ve o her zaman yüreğimdeydi aklımda olmasına gerek diye düşündüm. Sanırım beynin garip bir oyunu bu insana. Asıl kaynağı, yok edip yeniye yer açabilme becerisiydi sanırım. Sahi, kalple beyin beraber hareket edebiliyor muydu? Acaba! Ne kalbi, ne aklı ya!..Aklını başına al kızım !

***

Eve gittiğimde mis gibi yemek kokuyordu, Zehra hanım anlaşılan yine döktürmüştü. Annemin yadigarıydı, o bize. Ayağımı görür görmez, *ne oldu, güzel kızım sana?"* dedi. Ufak bir burkulma olduğunu, önemsenecek bir şey olmağını söyledim. İlginç, ne Mert, ne de Ezgi aramamıştı beni. Çantamı boynumdan çıkararak telefonumu aramaya başladım. Telefonum harici her şeyi bulmuştum da bir telefonum yoktu ortalıkta. Ev telefonunu alıp tam arayacakken, derse giriyorum diye telefonumu sessize aldığım aklıma geldi. Aramam da bir şey ifade etmeyecekti. Okula kadar telefon yanımdaydı, ya sonra, off o deli adamın arabasında mı kaldı yoksa, diye umutsuzca düşünmeye başladım.

Sabahtan beri kahvaltı bile yapmamıştım, Zehra hanımın hazırladıklarını hızlı bir şekilde yedim. Ellerine sağlık dedikten sonra, kendim de yukarıya odama gidecek cesareti bulamadım, ayağımın şişliğinin giderek daha da arttığını düşünüyordum. Buraya uzanayım en iyisi dedim. Zehra hanımın getirdiği yastık ve battaniyeyi alıp uykuya daldım. Beynim o kadar yorulmuş olacak ki, üç saat sonra uyandım. Karşımda ki sehpanın üzerinde ilaç poşetini gördüm, Zehra hanıma bunun ne olduğunu sordum. O da güvenlikçinin getirip bıraktığını, ona da bir adamın verip Derya hanıma iletebilir misiniz dediğini söyledi. İçini açtığım da poşetin içinde bir tane ağrı kesici, bir tane krem ve bir bandaj olduğunu gördüm. Neydi bu şimdi, o kadar hakaretten sonra, incelik mi yaptığını sanıyordu. Evi arayan olup olmadığını sordum Zehra hanıma. Olmadığını öğrendikten sonra, demek ki telefonuma daha ulaşan olmadı diye düşündüm. Tam başımı yastığa tekrardan koyacakken, anahtar sesine çevirdim kafamı. Kapı açılmıştı, gelen Aslıydı. Beni evde görünce, *"ne oldu, hasta mısın? Neden yatıyorsun?"* diye arka arkaya sorularını sıralamaya başladı. *"Dur, dur bir dakika, önemli bir şey yok, okula giderken ayağımı burktum, önemsenecek bir şey yokmuş, doktor beş gün istirahat yazdı"* dedim.

- "Öğleden sonra bütün gün seni aradım telefonun cevap vermedi, abini aradım. O malum bugün ameliyat günü sekreteri açtı telefonu, meraklandım. Yapabileceğim bir şey var mı canım, abiminin çalıştığı hastaneye de gösterelim istersen?"

- "Yok Aslı, gerçekten gerek yok!" dedim.

- "Dur, şu sargına bakayım, buz iyi gelir şişliğinin inmesinde, dur getireyim canım" dedi.

Buzu getirip başka bir bandajla sabitledi burkulan yerime. Buzun soğukluğunu bile hissedemiyordum, o kadar şişti yani bileğim. *"Üstümü değiştirip geleyim, yukarıdan istediğin bir şey var mı canım?"* diye seslendi Aslı. Eşofmanlarımı giymek iyi olacaktı, nasıl olsa bu saatten sonra bu halde dışarıya çıkamazdım. Getirdiği eşofmanlarımı, kendi elleriyle giydirdi Aslı, çok sıcak bir insandı, insanın bir ablası olsa bu kadar olurdu yani. Aramızda görünmez çember olmasına rağmen her zaman bana karşı şefkatli olmuştur. Abim şanslıydı, onu çok seven, ona aşık bir eşe sahipti.

- "Abin geç gelir, hadi beraber yemek yiyelim" dedi. Ben yemeğimi az evvel yediğimi söyledikten sonra, *"ben de az atıştırayım mutfakta"* o zaman dedi. Saat 20:00 sularında gelmişti abim. Bütün hastaneyi sırtında taşımış bir ifadesi vardı yüzünde, daha kendi yorgunluğunu atamadan ayağıma takıldı gözü. Ona da anlattım olanları, ilk haline göre şişliği de inmişti. Abimin içi de rahatladı, "yarın gel de bir film daha çektirelim." Yat istirahatine bak, ayakta dolanma iyileşinceye kadar" dedi. Abimdi, ama erkek yaratılışı işte bir kadın şefkatinde olmuyordu. O sırada ev telefonu çaldı, Ezgiydi arayan. Çok merak etmiş, evdekileri de meraklandırmamak adına eve gelmiş olacağımı düşünerek bu saatte aramış. Geçmiş olsun diyerek kapattı telefonu. İçten gelen bir arama değildi sanki, inceliği evet takdir edilebilecek bir davranıştı ama sonrası, koca bir samimiyetsizlik. Sanki birinin zoruyla aramıştı beni, zoraki..

Çok mu alıngan olmuştum bu aralar anlamıyorum, ne çok irdeliyordum insanları. İnsanların sanki işi gücü yok, bir şeyler ima etmeye çalışıyorlardı. Bugün Erkan da bunu bütün çıplaklığıyla yüzüme vurmuştu zaten. Kim bilir, belki de hayatın irdelenmemesi gereken yanlarını irdelediğim için bu derece vasat bir hayat yaşıyordum. Annemin ani ölümünden sonra daha da üstün körü yaşıyordum hayatı. Yaşıyorsun, seviyorsun, seviliyorsun ve ölüyorsun. Uzun zamandır hayatıma giren ilk heyecandı Erkan. O da yanlış anlaşılma çıktı. Neyse en doğrusu da oldu, bu kamyon yükü duyguyu uzun süre taşıyamazdım zaten. Boşaltmam gerekliydi bunu ama kiminle konuşsaydım, kim beni anlayabilirdi ki !

Biraz internete girmek için, Zehra hanımın yardımıyla odama geldim. Masanın üzerindeki ortodonti çalışmalarım gözüme çarptı, sabah unutmamak için masanın üzerine koymuştum ama maalesef yine de unutmuştum. Ayağım da bu çalışma yüzünden bu halde değil miydi zaten. Elime aldığım tellerden hiç aklımda yokken kalp şekilleri yapmaya başladım, zor olsa da çok şık görünüyorlardı. Kalbin şekli böyle olmasa da neden insanoğlu bu şekli uydurmuştu hiç anlam verememişimdir bugüne kadar. Sanırım iki tarafın bir noktada birleşmesini ifade ediyordu. Aslında tek yürekten ziyade iki yüreğin birleşimini sembolize ediyordu. Evet, bulmuştum sonunda anlam veremediğim şeklin gerçek boyutunu. Ama ne acıdır ki, gerçeğini yansıtmıyordu. Çünkü genelde, orta noktayı bulan kadınlardı, gerek rahmetli annemden gerekse çevremde ki ilişkilerde bu hep böyleydi. Tam o sırada Mert aradı Zehra hanım telsiz telefonla odama geldi, Mert arıyor dedi. Nihayet dedim içimden, gece vakti oldu aramak yok, var bir şeyler Mertte ama, hadi bakalım çıkar kokusu nasıl olsa. Efendim diyerek gayet ciddi bir şekilde telefonu açtım, öylesine aramış bir ses tonuyla,

- "Nasılsın?" dedi.

- "Teşekkür ederim, sanırım bilgileri Ezgi sana iletmiştir. Aramana da gerek yoktu nasıl olsa."

- "Of Derya, hep kapris, hep kapris ne yapsam sana yaranamıyorum zaten" dedi ve telefonu kapattı.

Aaa deli mi ne? Kaprismiş, yaranmakmış, ne demek ya yaranmak? Yok bu çocuk normal değil. Bitmiştir artık Mert bey, şimdi kime yaranmak istiyorsan yanarsın dedim kendi kendime. Sinirden tepem atmıştı, bu neydi ya gece gece. Varlığıyla yokluğu birdi zaten. Sıradan arkadaşım olarak kalsın daha iyi diye kendi kendime söylenirken, abim kapıma vurdu Derya ?..diye. Efendim ağabiciğim diyerek açtım kapıyı,

- "Ne oldu? Akşam akşam, hangi münasebetsiz seni sinirlendirdi?"

- "Boş ver abi, okuldan ortak bir dersimiz vardı, onun için söylendi biraz arkadaşım telefonda, kusura bakma sesim fazla çıkmış olmalı" dedim.

- "Yok zaten odana geliyordum, ayağına bakmak için, iyisin değil mi?"

- "İyiyim ağbiciğim yarına bir şey kalmaz diye düşünüyorum" dedim.

Alnıma bir öpücük kondurduktan sonra, *"hadi biz yatıyoruz, iyi geceler güzelim.."* dedi. Nedenlerin, niçinlerin kafamda karıştığı bir anda, yine aklıma Erkan geldi. Kimdi bu Erkan?

Daha hayatıma gireli çok olmamasına rağmen nasıl bir etkidir bu Yok, yok ne zaman Mertle kavga ediyorum o zaman bu adamı düşünüyorum. Sonradan ilk aklıma düşüşünü hatırladım, Mertle alakası yoktu bu durumun. Kapısı yoktu ki aklın ya da yüreğin, kim o? diye bile soramıyorsun. Aklın ya da yüreğin sahibine sadece; Sahi ben ne diye bunu düşünüyorum, demek kalıyor..

***

Başımın ağrısı uyandırdı sabahın köründe. Dışarıya baktığımda daha gün henüz aydınlanmamıştı. Masanın üzerindeki saatimin bana arkasını döndüğünü gördüm. Biraz daha uyumalıydım, ne zormuş zihin yorgunluğu, sanki bütün gece; yüreğimin ve beynimin üzerinde tonlarca ağırlıkta bir şeyler taşımıştım. Hadi uyu, hadi uyu diye kendi kendimi telkin etmeye çalışıyordum. Yok böyle olmayacaktı, madem uyandım bu güzel sabahın tadını çıkartmalıydım. Ayağıma baktığımda hem şişliğin hem de morluğun gitmiş olduğunu gördüm. Üzerine de rahat bir şekilde basabiliyordum. Bu güzeldi, en azından raporluyken kendime vakit ayırabilirdim. En son ne zaman kendimle baş başa kaldığımı düşündüm. Aklın oynadığı oyunlar yüzünden kendi kendisiyle bir türlü baş başa kalamıyordu insan. Ne tuhaftı! Ben, bendim, ama kendime bir o kadar uzak. Ne çok insan döşemiştim, yüreğimle beynim arasında ki o koca yolda, kim bilir yüreğim de, kaç ayak izi vardı. Kaçı kirli ayaklarıyla çiğnemişti bu yolları da, kaçı kalakalmıştı yollarda.. Kapı gıcırtısı duydum, sanırım abim uyanmıştı, demek ki saat yedi olmuştu, abimin genelde sabahları kalkış saatiydi yedi. Zehra hanım gelmeden mutfağa gidip kahvaltı hazırlamak istedim. Sessiz minik adımlarla merdivenlerden inmeye çalıştım. O sırada Zehra hanım kapıyı açtı, günaydın dedi. Günaydın dedim, gülümseyerek. Ağrınız yok değil mi? erken kalkmışsınız bugün dedi. Yok daha iyiyim dedim.. Elinde ki bir file portakalı alıp, bugün benden portakal suları.. dedim. Güldü.. aman siz iyi olunda, dedi tebessüm ederek. Bir yandan çayı demliyor, bir yandan da kahvaltı tabaklarını çıkartıyordu. Portakalları yıkayarak sıkmaya başladım ben de, her sıkışımda Erkanı sıkıyordum sanki, öfkem geçmemişti ona. Daha bir sinirleniyordum, gün geçtikçe. Portakalın suyu çıktığı halde posasını sıkmaya çalışıyordum, Zehra hanım aldı elimden kızım ne yapıyorsun, bileğini inciteceksin, ben yaparım sen salonda uzan hadi bakalım dedi. Kan ter içinde kalmıştım, abimin günaydın erkencisin, ağrın yok değil mi? Demesiyle döndüm kapıya doğru, yok abicim daha iyiyim dememe fırsat kalmadan ayağımın sargısını açtı. Oo güzel, kremlerini sür, yine de evde dinlen dedi. Aslı indi arkasından o da aynı tekrarları yapıp kahvaltı masasına oturduk. O geceden sonra Aslının yüzü hiç renklenmemişti, garip hasta mıydı acaba. Hasta olsa abim de, kendisi de doktor daha iyi bilirdi, saçmalama Derya dedim kendi kendime.

Herkes işe gittikten sonra Zehra hanımla baş başa kalmıştık. Zehra hanım hadi kızım süt, hadi kızım çorba diyerek bana hasta muamelesi yapmaya devam ediyordu. Odama çıkıp üstümü değiştirdim. Aşağıya indiğimde Zehra hanım eli belinde, *"nereye bakayım"* dedi. Biraz hava almak istediğimi, sahilde bir kahve içip geleceğimi söyledim. Zor bela onu ikna ederek, çıkabilmiştim nihayet dışarıya. Oh be! Ne kadar güzel bir havadır bu böyle, daha geçen gün düşünüyordum, diğer insanlar gibi ben de hafta içi boğaz keyfi yapabilir miyim diye. İşte bu! Yaşamak! Nefes almak! Kendinle gezintiye çıkmak, bu kadar zor olmamalıydı. Sahilde balık tutan adamları izliyordum, balıkların oltaya yakalanışlarını. Parlayan gözlerle bakan balıkçıların, çırpınan balıklara sevinç nidalarını izliyordum. Hayatta öyle değil miydi zaten, birinin sevinç çığlıklarının ardında, mutlaka diğer insanların göz yaşları, hayatla olan kavgaları yok muydu zaten. Denizdeydi gözüm, evet tezimi doğrularcasına, derinliğine kapılmak istiyordum denizin. Tebessüm ettim, sanki ne kadarını sürükleyebilirsin ki, diyerek denizle konuştum. Küçük bir cafe vardı, orada oturup biraz dinlenmek istedim. O sırada Ezgi aradı nerdesin? diyerek. Söyledim nerede olduğumu, hemen geldi. Bir an deniz kayboldu gözümde, bir tek Ezgi vardı karşımda.

Demek ki, insan denizden daha derindi,

Ne verirsek onu alabilecek bir kapasiteye sahipti.

Ezgi de öyle miydi acaba? Beni dinler miydi? Anlar mıydı beni? Gözlerime baktığında hissettim sıcaklığını ne kadar içten ne kadar kıpır kıpırdı. Sabırsızlanıyordu, derdimi dinlemek için. Hazırlıklı gelmişti, yükümü taşımaya ortaktı, onu anladım bana bakışından. Güzeldi bu duyguları bir başka insanın, sana yansıtabilmesi. Yoluna, yüküne ortak olma çabası. Yok ya, Ezgi başkaydı..

- "Canım neden bana karşı bu kadar soğuksun, söyle bakalım?" dedi Ezgi. Ezgiye olayın başlangıcından sonuna kadar, bütün yaşadıklarımı anlattım. Yerimde duramıyordum, Ezgi bile bende ki bu heyecanı anlamış olacak ki, dur sakin ol! diye ara sıra uyarılarda bulunuyordu. Anlatırken bir kez daha yaşıyordum sanki, kimi yerde kalbimin bile sesini duymadım değil. O kadar telaşlı ve bir o kadar uzun anlatmışım ki, zamanın nasıl geçtiğini bile anlamadım. Öğlen olmuştu, Ezgi: *bitti mi?* diye sorduğunda *evet, nihayet canım* dedim.

- "Bak canım bence ruhsal bir kasırgan var şu an. Sana buna kapılma derim. Neticede adam da sana söylemiş, kalıcı değil buralarda Amerika'ya gidecekmiş. O yüzdendir ki sakın ola, kendini bırakma. Yoluna çıkarsa bile görmezden gel."

- "Bu kadar mı?" dedim.

- "Evet bu kadar, küçük hanım.." dedi, gülüştük.

- "Hadi acıktım bir şeyler yiyelim" dedi, Ezgi.

Arabayı yolun kenarına bıraktım *"hadi, lisedeyken kaçtığımız o lokantaya gidelim"* dedi.

Çok güzel ev erişitesi yapıyorlardı bu lokantada. Sokak arasında olmasına rağmen oldukça kalabalık bir müşteri kitlesi vardı. Yıllardır gideriz Ezgiyle, özel ne konuşmak istiyorsak, her şeyimize ortak olurdu o lokanta. Ah..ahh dili olsa da konuşsa.. Arabaya bindikten kısa bir süre sonra vardık, lokantaya. Oldukça kalabalıktı. Lokantanın sahibi artık neredeyse akrabamız olmuştu, gelin kızlar diyerek girişteki masayı ayarladı bize. Ayak üstü sohbet ettik, hadi oturun geliyor şimdi yemekleriniz dedi. Bir lokantaya gidip, tek sipariş vermediğimiz yer burasıydı sanırım. Arada bir garsonları değişiyor olsa da Dudu teyze ne yediğimizi bilir hemen getirirdi bize. Neticede yemek olarak bir tek erişte yoktu, pek çok yemek çeşidi vardı. Ama gelen çoğunluk müşteri de ev erişstesi yemeye gelirdi. Ezgiyle şöyle bir lokantayı seyretmeye başladık sanırım o da aynı duyguları yaşıyordu. Ne günlerimiz geçmişti. Hatta lokantanın bir köşesinde Ezgiyle fotoğrafımız bile vardı. Dudu teyzenin doğum günüydü bir gün, biz de tesadüfen oraya gitmiştik. Dudu teyze kendi halinde kimi kimsesi olmayan biriydi. Mahalle dostları o gün ona sürpriz doğum günü yapmışlardı, biz de hep beraber o gün fotoğraf çektirmiştik. Göz ucuyla baktığım da aynen duruyordu yerinde. Buraya ne zaman gelsem evimdeymiş hissine kapılırdım. Sıcacık yaşanmışlık kokuyordu, aynı salaş halini muhafaza ediyordu mekan. İnsanın gençlik ya da çocukluk döneminde vakit geçirmiş olduğu mekanlar, büyüyünce daha bir önem arz ediyordu. Masumiyetini yeniden bulmuşçasına, güzel bir tebessüm bırakıyordu insanın yüzünde. Mekan aynı bizler değişmiştik, kocaman büyük insanlar olmuştuk artık. Değişmeyen tek şey mekan dışında, damak tadımızdı. Kim bilir, belki o da; bize çocukluk gençlik dönemlerimizi anımsatmak adına aynıydı. Ezgiyle göz göze geldiğimizde ikimizin de gözü sulanmıştı. Tam o sırada buyurun kızlar, afiyet şeker olsun diye sıcacık bir ses, Dudu teyze yemeklerimizi getirmişti. Afiyetle yemiştik, Ezgiyle. Dudu teyze bütün o kalabalığı bırakmış, bir tek biz varmışçasına bizi seyrediyordu. Bir annenin evladını doyurduğunda ki huzuru taşıyordu yüzü. Gururlu ve bir o kadar şefkatli bakışları üzerimizdeydi,

- "Eee kızlar okul nasıl gidiyor, ne zaman yapacaksınız bakayım dişlerimi?" dedi.

Ezgiyle bir ağızdan hemen dedik. Beraberce gülüştük eski yılları konuştuk, Dudu teyzemin yüzündeki yılların bıraktığı çizgiler dışında bir değişikliği olmamıştı. O hep gülen, yüreğinin güzelliğini dışarıya vuran bir insandı. Hep söylerdi;

Sevgi paylaştıkça çoğalır,

43

İnsan yine insanla mutlu oluyor.

diye.

Ne kadar güzel bir gündü bugün. Uzun zamandır hiç bu kadar keyif almamıştım. Yine her zamanki gibi hesabı ödememize müsaade etmemişti Dudu teyze, bize her defasında sizden hesabı ekmek sahibi olunca alacağım derdi. Yanaklarından öperek vedalaştık.

- "Hadi bir çılgınlık yapalım, ne dersin lunaparka gidelim mi?" dedi Şeyma.

- "Hadi, gidelim" dedim ben de. Kısa bir süre arabayla gittikten sonra vardık, lunaparka. İlk giden jetonları alır diye Ezgi koşmaya başladı, burkulmuş olan ayağımı unutarak. Arkasından güldüm sadece. Jetonları almış, unuttuğumu sanma sakın, eski günleri yad edelim diye koşturdum dedi gülerek. Mutluluktan ağızlarımız kulaklarımıza varacaktı, o kadar neşeliydik ki çevremizdeki insanlar bile bize bakıyordu. İlk dönme dolaba binme kararı aldık. Bu şehre tepeden bakabilmek ayrı bir zevkti. Hafta içi olmasına rağmen bizim gibi okul kaçakları çoktu anlaşılan. Dönme dolabın girişindeki yerden birer top dondurma aldım. Ezgi çikolatalı ben ise çilekli dondurmayı severdim. Tam ezginin oturduğu yere oturacaktım ki, önümdeki çocuğun şapkasına geldi dondurmam. Özür dilerim dediğim anda Ela evet evet Elaydı, onunla göz göze geldik.

- "Aa merhaba tanıdınız mı?" dedi.

- "Evet merhaba, kusura bakmayın dondurmam azıcık çocuğun şapkasına yapıştı."

- "Önemli değil canım, geçer neticede."

O sırada ben vedalaşıp Ezginin olduğu yere oturdum. O sırada Ezgi, Elaya dönüp merhaba Ela diye seslendi. Nasıl yani, Ela ile tanışıyor muydu Ezgi? Ezgi Elayı öptükten sonra bana dönerek ilkokul arkadaşım Ela benim canım, aynı zaman da Mert'in kuzeni. Evet diyebildim, biz de geçen gün tanıştık. Nasıl olmuştu da o günü anlatmamıştım Ezgi'yi.

- "Gel beraber binelim canım" dedi Ezgi.

Ela: "arkadaşımla yeğenim de var mahsuru yoksa neden olmasın" dedi. "İşte o da geldi" diyerek işaret yaptı karşısındaki kişiye. Tam oraya bakacaktım ki, Erkanın sesi;

- "Merhaba..Merhaba" dedim sesim titreyerek.

- "Ela, hatırladın değil mi, erkek arkadaşım" dedi. Buz gibi olmuştum.

- "Evet.." dedim.

Ezgiyle tanıştırdı, sonra "hadi beraber binelim" dedi. Bütün günümün bütün güzellikleri sona ermişti, şimdi nereden çıkmıştı bunlar. Ela modellik yapıyormuş "bana ne" dedim içimden. Ezgi durumun farkına bile varmamıştı. Ela ile Erkan ortalarına Elanın yeğenini almış karşımızda oturuyorlardı. Ela ile Gizem eski anılarını anlatıyorlardı birbirlerine. Ben ise bir yandan İstanbul'u seyredip bir yandan da başka bir girdabı yaşıyordum. Dönme dolap döndükçe ben de geriye sarıyordum yaşadıklarımı. Erkan'ı gördüğüm son andan ilk başa doğru. Nasıl bir huzursuzluktur bu. Elleri, kolları bağlanmış gibi hissettim kendimi. Ezgi'nin dediği gibi görmemezlikten gelmeye çalışmalıydım. Sanki küçük bir şehir gibi, her köşe başında karşıma çıkıyordu. Normal bir arkadaş gibi görmeliydim onu, ya da Mert'in kuzeninin sevgilisi. Yok yok en iyisi, bir arkadaş olarak görmek daha iyi gelecekti bana.

- "Elimi tuttu Ezgi, "hatırladın mı, her gelişimizde karşı karşıya değil, yan yana otururduk."

45

- "Ela, hadi Merti de çağıralım" dedi. Yok gerek yok derstedir şimdi o, rahatsız etmeyelim dedim. "Madem o derste, sizin ne işiniz var burada" diyerek, Ezgiye baktı.

- "Ezgi, Deryanın ayağı burkulmuştu raporluydu, ben de onu ilk gününde yalnız bırakmak istemedim, okulu astım bugün" dedim.

- "Geçmiş olsun" dedi Ela, "nasıl şimdi acıyor mu?" diye sordu. Acımadığını söyleyip, gayet iyi olduğumu belirttim. O sırada karşımda oturan Erkanın gözü ayağımdaydı. Bandajlı olması gerekmiyor mu? diye sordu. Ela ve Gizem Erkana baktı, Erkan açıklama yapması gerekliliğini hissetmiş olacak ki,

- "Benim de burkulmuştu, doktor üç gün bandajı çıkarttırmamıştı" dedi.

- "Evet doğru" dedi Ela.. Sanki zaman geçmek bilmiyordu, sıkılmıştım bulunduğum ortamdan, bir an evvel eve gitmek istiyordum. Dönme dolap durduğun da iyi günler diyerek vedalaştık onlarla.

- "Ezgi, "iyi misin kuzum ?" dedi.

- "Sanırım fazla ayakta durdum o yüzden ağrımaya başladı ayağım" diyerek ona hissettiğim duyguları yansıtmamaya çalıştım. Ela'nın okul arkadaşı olması ve onunla samimi bir şekilde muhabbet etmesi açıkçası üzmüştü. Elbette arkadaş olabilir, samimi paylaşımlar da bulunabilirdi de ama neden bu kişi, Ela olmak zorundaydı ki?

- "Of ya.. "Hadi atlı karıncaya binelim" dedi Ezgi, "sen bin ben seni beklerim" dedim. Ama "hadi canım beraber zevki çıkar" dedi. Birimiz önde, birimiz arkada atlı karıncalara bindik. Mert geldi aklıma, ne çok gelirdik onunla. O arkada olur elini hep bana doğru uzatırdı. Güzel günlerdi.. İndikten sonra ilk işimiz görüş alanımızda olan pamuk şekerciye gitmek oldu. O sırada kuyrukta bekleyen Erkan gülümsedi, "yoksa sizde mi?" dedi. "Yaşı mı olurmuş canım pamuk şekerinin" diye şakalaştı Ezgi, ben bakmadım bile. Erkandan sonra ki bayanın arkasındaydık, kendinize dikkat edin diyerek gitti Erkan.

- "Aman demesen dikkat etmezdik çünkü, çok sağol yani!" dedim sessizce.

- "Ezgi duymuş olacak ki, ne ne ne?" diye sordu.

- "Boş ver" dedim gülümseyerek. Pamuk şekerlerimizi almış arabaya doğru gidiyorduk, o sırada Ezgi'nin telefonu çaldı, telefon ekranına baktıktan sonra çantasına koydu tekrardan. "Baksana" dedim, "boş ver!" dedi. "Lüzumsuz birinin teki işte."

***

Güzel bir gün geçirmiştik, iyi ki Ezgi vardı, luna parktaki karşılaşma olmasa daha iyi olacaktı. Ama olsun, yine de çok eğlenmiştim. Son ses müziği açarak hızlı bir şekilde gidiyorduk, "yavaşla radara yakalanabilirsin" dedim. "Boş ver.." dedi. Trafiğin yoğun olduğu yerde yavaşladı, müziğin sesini kıstım, o sırada yine telefonu çaldı. "Bakayım mı?" diye sordum. "Bak" dedi. O sırada telefonu kaçırmıştım. Annen aramış dedim, o sırada annesinden önceki cevapsız arama dikkatimi çekmişti, çünkü arayan Mertti. Arabaya doğru gelirken, Ezginin bakmadığı, boş ver lüzumsuz biri dediği kişi Mertti. Bu nasıl olabilirdi ki. Acaba Mert bana ulaşamayıp onu mu aramıştı. Hemen telefonuma baktım, hayır cevapsız bir çağrım yoktu. Yok aklıma kötü bir şey getirmemeliyim, acaba onlar da mı küsmüştü, neyse Ezgi anlatır nasıl olsa diyerek, üzerinde daha fazla durmak istemedim. Bizim siteye gelmiştik bile, birbirimizi öperek arada bu kaçamakları yapalım diyerek vedalaştık.

Eve geldiğim de kimse gelmemişti daha iyi olmuştu en azından abime hesap vermek zorunda kalmamıştım.

- "Ah kızım" diye Zehra hanımın sesini duydum, "insan bu kadar hasta hasta dışarıda gezer mi" dedi.

- "Merak etme, arkadaşımla onun evinde oturduk, gayet iyiyim" dedim.

Mert aramamıştı, iyi olmasına iyiydi, ama son zamanlarda sanırım inatçılığım ona geçmişti. Küs olduğumuz da ben hep naz yapar, telefonlarına hiç bakmazdım. Ama bıkmadan hep arayıp dururdu. Sanırım gerçekten sinirlenmişti bana, ama haklıydım işte ne yaparsa yapsın umurumda değil artık Mert. Masanın üzerindeki magazin dergilerine göz gezdirmek istedim. Tam üçüncü sayfasına gelmiştim ki, aa karşımda ki Erkan'dı. Bilmem ne holdingin varisiymiş, vay be.. Adama bak, havası boşuna değilmiş, yanındakiler kim acaba, Ela olmadığı kesin. O sırada Mert aradı, bakmadım telefona biraz daha araması gerekiyor biraz burnu sürtsün bakalım diye düşündüm. O sırada abimler geldi, beraber güzel bir akşam yemeği yedik. Günün kısa analizinden sonra herkes kendi köşesine çekildi. Yemek esnasında Mert iki defa aramıştı, yok kararlıydım yarına kadar bakmayacaktım telefonuna. Ben boş boş geziniyordum internette, birden Amerika'ya baktım, gidilecek şehirlere, konaklanılacak mekanları inceledim, nereden aklıma geldiyse. O sırada Aslı'nın getirdiği kestaneler burnumda tüttü, ne de güzel kokuyordu, "ellerine sağlık Aslı güzel görünüyorlar" dedim. Abimin çalışma odasına doğru gitti, "afiyet olsun canım" diyerek. O sırada "hadi ben kaçtım, iyi geceler hepinize" dedi. "İyi geceler, ellerine sağlık Zehra hanım" diye seslendim arkasından. Kestaneler hala çok sıcaktı, üfleyerek onları yemeye çalıştım. Tadı gerçekten de kokusu kadar güzeldi. O sırada internette San Diego şehri dikkatimi çekti, bir yanda Pasifik okyanusunda denize gir, bir yandan şehirden bir saatlik uzaklıktaki kayak merkezinde kayak yap. Ne harika olurdu ya, Ezgiyle konuşsam da sömestrde ayarlasak keşke. Ne güzel olurdu. Bir tek Amerika'ya gitmemişimdir galiba, diğer pek çok ülkeye ya babamla ya da abimle seyahat etmiştim. Hiç kız arkadaşlarımla bir yerlere gitmemiştim. Gözlerim yoruluncaya dek, Amerika'yı inceledim internetten. Gerçekten de güzel bir ülkeydi. Evet, karar verilmişti, Ezgiyi de kandırıp bu şehre gidilecekti. Erkan hangi şehrinde yaşıyor? acaba diye de düşünmedim değil. Uykum gelmişti, yukarıya tam odama giderken Ezgi aradı,

- "Efendim canım, bil bakalım bu tatilde nereye gidiyoruz?" diyerek açtım telefonu.

O sırada durmadan adımı söylüyordu Ezgi; Derya, Derya diye.. Ne oldu dememe fırsat vermeden, Mert kaza geçirmiş, hastaneye gidiyorum dedi. Nasıl yani! Adeta küçük dilimi yutacaktım, inanamadım. "Neredesin" dedim, hastanenin adresini aldıktan sonra abime Ezginin biraz rahatsızlandığını onun yanına gitmem gerektiğini söyledim. Abim sağ olsun samimiyetimizi bildiği için, sadece yapabileceğim bir şey var mı? diyerek sordu. Olursa ararım abicim diyerek ayrıldım evden, ilk taksiye binip Ezginin verdiği adresteki hastaneye gittim. Yol boyunca kendi kendime söylenip durdum, neden açmadımki telefonunu, açsaydım belki başına böyle bir şey gelmeyecekti. Tam taksiden indim ki, acilin önünde Ezgi, hemen yanına gidip Merti sordum, şu an müdahalede olduğunu, içeriye kimsenin alınmadığını, kendisinin bile dışarıya çıkarıldığını, kolunda belki kırık olabileceğini, doktorların kazayı ucuz atlatmış dediklerini söyledi. Öyle bir rahatlamıştım ki, şükürler olsun Rabbime, ona bir şey olmasın diye dua ettim. O sırada Ela ve Erkan geldi, Ela'ya da Ezgi haber vermiş. "Nasıl?" diyerek ağlamaya başladı Ela, Ezgi bana anlattıklarının aynısını ona da anlattı, o da rahatlamış olacak ki, sakın teyzeme söylemeyelim, kalp hastası zaten Merti duyup daha kötü olmasın.

Aceleden çıktığım için, üzerime mont bile almamıştım, birden ürperdim. "Üşüdün mü" diye sordu Ezgi, "yok bir şey" dedim. Erkan'ın gözü üstümdeydi farkındaydım. Ben su alıp geleyim dedi Erkan, elinde üç adet kağıt bardakta sıcak kahveyle geldi. Buyrun dedi, tepsiyi uzatarak. Açıkçası almak istemememe rağmen soğuktan olacak, içmeye karar verdim. Olayın şokundan mı yoksa soğuktan mı titriyordum. Dişlerim bir ara birbirine vurdu. Ezgi, üzerindeki paltosunu bana vermeye çalışsa da giymek istemedim. Çünkü o benden daha zayıf bir bünyeye sahipti, hasta olabilirdi. O sırada hastabakıcılarından biri, "Mert Taşkın'ın yakını" diye seslendi, Ela hemen kapıya doğru gitti, o sırada aynı anda Ezgiyle biz de kapı önündeydik.

- "Hanginiz akrabası tek kişi girebilir" diye uyardı görevli. Bu durumda Ela girmeliydi. Biz tekrar Erkan'ın yanına gittik. Erkan bir ara tepsiyi götüreyim diyerek kayboldu, sonradan arkamdan biri sırtıma doğru bir şeyler koymaya çalışıyordu. Erkandı! Üzerindeki paltosunu çıkarmış, "giy çok soğuk hastasın zaten", dedi. "Gerek yok" dedim, sinirli bir ses tonuyla. "O zaman bunu al" diyerek atkısını boynuma taktı. Tam çıkaracağım sırada, "çıkartma çok soğuk hadi ama canım" dedi, Ezgi. Çıkartamadım ben de. Hepimiz merakla Ela'yı bekliyorduk, tam beş dakika olmuştu ki, Ela gülümseyerek kapıda göründü. Gözümüz aydın, bir tek el bileğinde çatlak çıktı röntgende. Alçı odasına aldılar, bu gecelik yine de doktor gözlem altında tutmak istiyor dedi. Ela, Erkan'la ben kalırım siz gidin isterseniz dedi. Ezgiyle ikimiz aynı anda hayır dedik..

Mert adına sevinmiştim, yüreğim Erkan'ın taktığı atkının kokusundan dolayı pır pır ediyordu. Ezgi elimi tuttu, bak iyiymiş diyerek bana sarıldı. Ellerin buz gibi olmuş dedi, ellerimi alıp kendi elleri arasında ısıtmaya çalıştı. "Al şunu inatçılık yapma" dedi tekrardan üzerindeki paltoyu bana verdi Ezgi. Ela, Erkan'a dönerek; "hayatım arabanda yedek yok mu" diye sordu. Erkan, "olmalıydı sanırım" diyerek otoparka doğru gitti. Erkan geldiğinde, kısa kışlık bir mont vardı elinde. Ela montu aldı, "hadi giy bakalım daha Mert'le ilgilenmemiz gerek hasta olmamalısın" dedi. Giymek zorunda kalmıştım, kolları oldukça uzun olsa da sıcacık tutuyordu mont. Teşekkür ettim, Erkan'a dönerek. "Önemli değil" dedi. Ela'ya dönerek nasıl görebiliriz Mert'i dedim. Haber vereceklerini söyledi.

Hastane bahçesinde, bir oraya bir buraya gitmeye başladım. Mert orada hasta ben ise bambaşka duygular içindeydim. Nefret etmeye başlamıştım iyice kendimden artık. İki yıldır sevgili olduğum insan sanki Mert değildi, nasıl olurdu ya! Bu duygular ah, ah ah..

- Ezgi girdi koluma, "telaşını anlıyorum ama merak etme canım, bak hem birazdan görebilecekmişiz" dedi. Ah Ezgi bir bilseydin yaşadıklarımı anlattığım o adamın Erkan olduğunu ve şu an ne depremler yaşadığımı ah, keşke bir bilebilseydin canım.

- "İstersen Mert'i gördükten sonra bize gidelim canım" dedi.

- "Yok canım burada kalmalıyım" dedim, vicdan azabımı sanki azaltır diye düşünerek.

- Ela, "hadi kızlar Mert'i görebiliriz" dedi. Koşarak geldik hastane girişine, odaya geldiğimizde sağ elinden, dirseğine kadar kolu alçılıydı Mert'in. Güldü bizi görür görmez.

- "Yaa, sen bakmazsan telefonlarıma ben de öyle getirtirim seni" dedi.

- Odada buz gibi bir rüzgar esti, "şakanın sırası değil, anlat bakalım nasıl bu hale geldin" dedi? Ezgi.

- "Biraz benim hatam biraz da karşı tarafın suçu işte, büyütülecek bir şey yok neticede".

Ela elini tutuyordu Mert'in, başka bir yerinin ağrıyıp ağrımadığını soruyordu.

- Ezgi, "hadi ben gideyim artık, tekrardan geçmiş olsun dostum" diyerek, benim yanağıma öpücük kondurarak çıktı odadan. O sırada güvenlik görevlisi geldi, odada bir kişi kalması gerektiğini diğerlerinin dışarıya çıkması gerektiğini nazik bir dille anlattı.

- "Ben kalırım" dedim. Güvenlik görevlisi hasta girişini kim yaptırdıysa onun dışındakiler çıksın lütfen dedi.

- "Siz çıkın hadi ben buradayım",

- Erkan, "sen de evet git canım" dedi.

- "Erkan, burada senin yatabileceğin bir yer yok, ben arabada olurum uyumak istediğinde gelirsin" dedi.

- "Ben kapıdayım" dedim, ben de Mert'e.

- Mert, "sakın bir yere gitme" dedi.

- "Soğuk dışarısı nasıl yani kızcağız dışarıda mı beklesin" dedi Ela.

- "Hayır kapıda dolaşır biraz sen de arabaya gittiğinde o da seninle beraber arabada uyur" dedi.

- "Gerek yok, ben iyiyim kapıdayım bir şeye ihtiyacınız olursa ararsınız" dedim.

Dışarıya çıktığımda Erkan yoktu. Bir nebze rahatlamıştım, onunla baş başa kalmak istemiyordum. Hastane kantininden su almaya gittiğimde gördüm Erkan'ı, kahve kuyruğunda bekliyordu, görmezden geldim suyumu alıp çıktım. Elinde iki kahveyle gelmişti Erkan, "soğukta iyi gelir iç istersen" dedi. Almamak gibi bir nedenim yoktu, çünkü şu an gerçekten de sıcak bir şeylere ihtiyacım vardı. Teşekkür ettim, elindeki bardağı alırken. Kış ayının ilk ayları olmasına rağmen gerçekten de bu kış sert indirmişti. Oldukça ayazdı hava, kar yağsa rahatlayacaktı sanki. Sevinmiştim Mert'in iyi olmasına, ama hala affetmiş değildim onu. İyileşsin sonra bakacaktım icabına, ertelemiştim sadece, inadımı. O sırada hastane bahçesinde dolaşıyordum yine. Erkan geldi yanıma "istersen arabaya geçebilirsin ben beklerim kapıda" dedi. Gerek olmadığını, daha uykumun gelmediğini söyledim. O sırada acil girişinin önünde Ela göründü, el salladı onun görmesi için Erkan. Geldi yanımıza.

- "Sevindim durumuna, uykuya daldı şimdi, uykumuz gelince beraber Erkan'ın arabasında uyuruz biz de" dedi.

- *"Ben uyumayacağım, siz gidebilirsiniz"* dedim içimden mırıldanır bir sesle.

- Ela duymuş olacak ki, "hayatta olmaz, hava çok soğuk, hem Mert bize kızar seni dışarıda bıraktığımız için" dedi.

- Erkan, "arabayı, acil servise daha yakın bir yere çekeyim istersen" dedi Ela'ya, Ela gerek olmadığını söyledi. Otoparkla acil servis arasında, sadece bir dakikalık yürüyüş mesafesi vardı zaten, bence de gerek yoktu. Saat gecenin ikisi olmuştu, Elanın gözleri iyice küçülmeye başlamıştı artık.

- "Erkan, "hadi istersen biraz uyu arabada" dedi, "iyi olur aslında" dedi Ela da. Bana gelmek isteyip istemediğimi sorduklarında hayır cevabını verdim. İçtiğim kahveler gerçekten de var olan uykumu kaçırmıştı. Erkan'la Ela'yı düşünmeye başladım, aralarında oldukça sıkı bir bağ vardı sanırım. Ne zaman görsem beraberdiler, çünkü. Köprünün üzerinde gördüğüm yaşama sevinci gitmiş adam yoktu karşımda. Oldukça sorumluluk sahibi, sevdiklerine sahip çıkan bir adam vardı şimdi karşımda. Bankta oturmuş düşünürken, Erkan oturdu yanıma, yine kalbim hızlı bir şekilde atmaya başlamıştı. Bu adam neden biyolojik dengemi bozuyordu anlam verememiştim. İlginçti, onu her görüşümdeki heyecanım. Bankın bir ucunda o bir ucunda ben oturuyordum.

- "Kendini nasıl hissediyorsun?" diye sordu bana. Sanki şuan ki durumumu anlamışçasına. Kekeleyerek "iyiyim" dedim sadece.

- "Neticede erkek arkadaşın yaralandı, endişeni anlıyorum, konuşmak paylaşmak istediklerin varsa dinleyebilirim" dedi. Neyse ki anlamıştı, duygu durumumu, inceliği için teşekkür ettim.

- "Sizin de benimle beklemenize gerek yok, arabaya gidin isterseniz" dedim. Tam o sırada ayağa kalktım, oturduğu yerden el bileğimi tutarak "ayağın nasıl?" dedi. Yok günün birinde kesinlikle bu adam yüzünden ölecektim. Bu nasıl bir çarpıntı. Hala bırakmamıştı bileğimi. Çekiyordum ama bırakmıyordu. Yüzüne bakıp, "Ela'nın yanına gidersen iyi olacak" dedim imalı bir şekilde. Ela uyuyor ve benim uykum yok, küçük hanım! dedi. Kolumu hızlı bir şekilde çektim ayağa kalktı, göz mesafelerimiz arasında on santim ya vardı ya yoktu. O nasıl bir bakıştı, eriyordum sanki karşısında o bana öyle baktıkça.

- Nefes nefese kalmıştım, "bırak beni" dedim.

- "Sadece ayağını sordum çok mu zor bir soruydu" diye karşılık verdi. O gün bana öyle kaba davranan adam gitmiş suratına nezaket maskesi takmıştı.

- "İyiyim işte, görmüyor musun, iyiyim diye" bağırdım. Sanki kocaman hastane bahçesinde bir tek biz vardık. Dışarıdan bizi görenler film falan çevirdiğimizi sanacaktı. Hem bu ayakla, bu saatte bir genç kızın ne işi var hastane bahçelerinde, "büyüğün yok mu senin hiç" diye kızdı. Allah, Allah ona ne oluyordu.

- "Sanane dedim, sa – na - ne diyerek heceledim arkasından. Hadi ellerin buz gibi arabaya gidelim dedi. Kanım çekilmişti. Kalbimin hızı bütün damarlarımdaki kanı kurutmuştu sanki.

- "Beni rahat bırak!" diyerek uzaklaştım olduğu yerden. Bana ellerin soğuk diyen adama bak, onun elleri benimkinden de daha soğuktu. Acilden Mert'in odasına girmek istedim ama müsaade etmediler. Gerçekten de üşüyordum. Erkan'ın kalktığı banka oturdum, o ortalıklarda görünmüyordu. Ellerimi bacaklarımın arasına alıp ısınmaya çalışıyordum.

- Ellerinde eldivenle döndü Erkan, "sana büyük olabilirler ama soğuktan koruyacaklarına eminim inatçı kız" dedi.

Bu neydi şimdi babacan tavırlar falan.. Eldivenleri alıp ellerime giydirdi, elleri ellerime değdiği anda yine aynı sıcaklık kaplıyordu her yerimi. Adam sanki ısıtıcı gibiydi, ah bir duysa onun için düşündüklerimi. Duymaması daha iyiydi. Neticede sevgilisi olan ve başka ülkede yaşayacak biriydi. Ne söyleyecektim sanki, ben Mertle senelerdir kardeş gibiyim iki senedir, çıkıyoruz ama ilk defa bu heyecanı sende yaşadım mı diyecektim. Gerçekten de eldivenleri sıcacık yapmıştı ellerimi, Erkan yine görünürlerde yoktu. Yine ne getirmeye gitmişti acaba. Kendi kendime gülüyordum, düştüğüm bu duruma. Mert aklımdan çoktan çıkmıştı, sorun yüreğimdi. Bu adamı gördüğümdeki çarpıntısı çok garipti ve asla bu daha önce yaşadığım bir şey değildi. Aradan yarım saat geçmişti ki, Erkan bu sefer kestaneyle geldi.

- "Bak, hala sıcak soğumamışlar hadi sıcak sıcak ye" dedi. Ne garip bir şefkati vardı. Neden? Elanın yanında değildi ki! Bu saatte gelen kestaneye hele de sıcak kestaneye hayır diyemezdim. Erkan "al" diye uzattı, temizlemiş olduğu kestaneleri, bu kadarı da fazla diye düşündüm. Gülen mavi gözleri al dercesine bakıyordu. Hayır, hayır almamalıydım aramızda mesafe olmalıydı.

- "Sağ ol ben kendim temizleyebilirim" dedim. Sanki daha bu gece bir kase kestaneyi yiyen ben değildim, ne kadar da güzeldi kestanenin tadı. Hızlı bir şekilde temizleyip yemeye başladım. Erkan'ın gözleri üzerimdeydi, ona bakmasam da bunu hissedebiliyordum. Tam ısınmaya başlamıştım ki, Erkanın soğuk su etkisi yapan sorusuyla kalakaldım;

- "Derya, hiç aşık oldun mu?"

Düşündüm kendi kendime aşk nedir? diye. Alışkanlık mı? Akıl süzgecinden geçirmeden kelimelerini sunabildiğin insan mı? Yanında oldukça rahat ve huzurlu hissettiğin bir kişi mi? Seni senden daha iyi tanıyan insan mı? diye .. Bilmiyorum, belki de alışkanlıktı aşk, yabancı bir dünyaya karşı gardını aldığında yanında bulunan kişiydi. Senin tüm huylarını ezbere bilen, seni sen olduğun için seven, seni değiştirmeye çalışmayan bir olguydu aşk. Dostlukla, aşk çok yakındı sanırım. Çünkü benzer özellikleri dostunda da aramıyor değildi insan. Açıkçası bilmiyordum, sahi ben Mert'e aşık mıydım ?..

- "Ne oldu? Soru mu duymadın mı?" diyen Erkan'ın tekrarlarıyla düşüncelerimden ayrıldım. Bilmem, Mertle çıktığıma göre aşık olmuşum dedim. Hem sen hangi cesaretle bu soruyu bana sorabiliyorsun, bunu anlamış değilim!

- "Merak ettim sadece Mert'in yanındayken hiç de aranızda bir aşk sinerjisi yoktu da, o yüzden olsa gerek. Kusura bakma, bir daha sormam" dedi, Erkan.

- "Hadi saat dört oldu arabaya geçiyorum sen de gel istersen" dedi.

Nasıl geçmişti o kadar saat, ilginç sanki bana otuz dakika geçmiş gibi geldi. Ayak diretmemin faydası olmayacaktı, çünkü gerçekten soğuktu hava. Arabanın oraya geçtiğimizde, Ela arka tarafta boylu boyunca uzanmıştı. Nasıl yani ya, dedim kendi kendime. Ön koltuktaydı, yarın çekimleri var rahatsız olmuş olacak ki arkaya binmiş. Gel öne otur dedi arabanın ön kapısını açarak. Mecbur arabanın ön koltuğuna oturdum. Elektronik düğme var yanında sırt kısmını yatar pozisyona getirebilirsin dedikten sonra kapıyı kapattı Erkan. Erkan yanımda şoför koltuğuna oturuncaya kadar her şey güzeldi. O gelince, beni yine afakanlar basmaya başlamıştı. Beni bu duygu oldukça rahatsız etmeye başlamıştı artık. Alev alev yanaklarımın kızardığını hissettim. Arabayı ısınması için çalıştırdı Erkan. Klimadan gelen sıcaklıkla üzerimdekileri çıkarmaya başladım. Paltoyu kucağıma almıştım, Erkan birazdan arabayı durduracağım o zaman üzerine alırsın dedi, gözü hep bendeydi. Nasıl uyuyabilirdim ki şimdi. Abim aramamıştı, merak etmediğinden olsa gerek. Annemi düşündüm bir ara..

***

Sabah güneşinin gözüme gelmesiyle uyandım. Erkan da Ela da uyuyorlardı hala. Telefonun saatine baktığımda saatin yedi olduğunu gördüm. Sessiz bir şekilde paltoyu da bırakarak Mert'in yanına gittim. Sabah kahvaltısı veriliyordu odasına gittiğimde. Beni görünce hemen gülümsedi, "günaydın canım.." dedi. "Günaydın" dedim. "Gel beraber kahvaltı yapalım" dedi. "Peki" diyerek yatağın diğer ucuna oturdum. Ağrısının olup olmadığını sordum, o da daha yeni uyandığını ve ben gelince de kendisini daha iyi hissettiğini söyledi. Sevinmiştim her zaman yanımda olan, her derdimi paylaşabildiğim, sevdiğim insanın iyi olmasına. Yumurtanın yarısını bana verdi, aynı bardaktan içiyorduk çayımızı. Uzun zamandır Mertle hiç bu kadar keyifli bir kahvaltı yapmamıştık. Şakalaşarak geçti kahvaltımız. Tam kahvaltı tepsisini almaya geldiklerinde Ela ile Erkan da odaya girdi. Günaydınlaştıktan sonra, Ela;

- "Erkencisin Derya uyumadın mı yoksa hiç?" diye sordu.

- "Yok arabanın ön tarafında bir iki saat kestirmişimdir" dedim.

Elanın yüzü tuhaf olmuştu,

- "Kusura bakma canım ya ayaklarım çok ağrıdığından dolayı arka tarafa doğru uzanmıştım. Hiç düşünemedim kusura bakma" dedi.

- "Yok önemli değil, gayet iyi uyudum" dedim.

- Mert, "hadi çıkartın beni bu hastaneden" dedi. Ela çıkış işlemleri için doktorla görüşmeye gitti. Biz Erkan'la Mert'i hazırlamaya çalışıyorduk. Eşyaları olmadığından dolayı kısa zamanda toparlandık. Biz hazırdık, Ela gelince çıkabilirdik artık. Erkan bir bana bir Merte bakıyordu.

- "Size de zahmet oldu teşekkür ederim yalnız bırakmadığınız için bizi" dedi, Mert.

- "Ne demek zevkti benim için" dedi, kibar bir ses tonuyla Erkan.

Elinde reçete yazılı bir kağıtla geldi Ela, "evet artık çıkabiliriz", "bir ay sonra alçın çıkacak sakın unutma Mertciğim" dedi, Ela. Hep beraber arabaya bindik, ilk ev Ela'nınmış, "dikkat et kendine Mert, hadi hoşçakalın" diyerek vedalaştı bizlerle. Mert,

- "İstersen bize gidelim dedi bana",

- "Yok dinlenmem gerek eve gitsem daha iyi olacak" dedim.

- "Erkan'a dönüp, "Deryayı evine bırakabilir siniz değil mi?" diye sordu,

- "Elbette ne demek dedi", Erkan. Merti de indirdikten sonra baş başa kalmıştık Erkanla. Bir süre gittikten sonra, "hadi kahvaltı yapalım" dedi. Ben "hayır" dedikten sonra, arabayı durdurdu.

- "Sizin özel şoförünüz değilim küçük hanım isterseniz yanımdaki koltuğa geçin" dedi. Bunda haklıydı, ön koltuğa oturdum.

- "Araba hareket ettikten sonra o zaman birer kahveye ne dersin?" dedi. Bütün cesaretimi toplayıp;

- "Benimle vakit geçirmeyi neden bu kadar istiyorsun?" dedim. Ben bile bu kelimeler nasıl ağzımdan döküldü diye düşünürken, Erkan'ın yüz ifadesini anlatmamın imkanı bile yoktu. Hiç çalışmadığı bir yerden sormuştum ona.

- "Nasıl, nasıl yani? diyerek geçiştirmeye çalıştı.

- "Eve lütfen" dedim, gülümseyerek. Erkan buz gibi olmuştu, suratı kireç dökülmüş gibiydi. Benden beklemiyordu bu derece özgüvenli bir soruyu. Ama hak etti!

Eve yaklaştığımızda, "nihayet gelebildik" dedi, yine o ukala ses tonuyla. "Evet iyi ki geldik" dedim, ben de. "İstersen kahveyi bizim evde içebiliriz" dedim. Onun bu teklifime atlayacağını hiç düşünememiştim. Çok yüzsüzdü, anında olur dedi. Şimdi ev kalabalıktır, o zaman sahilde ısmarlayayım kahveni demek zorunda kalmıştım. Neticede teklifi eden bendim, ayıp olurdu. Arabayı park ettikten sonra yolun karşı tarafına geçtik. Sabahın erken saati olduğu için trafik yoktu, rahat bir şekilde geçtik kafenin olduğu yere. Ben kahvaltı istesem bir sorun olur mu dedi, "hayır" dedim "ne istersen ısmarlayabilirim" dedim. Ben kendime sert bir kahve istedim, çünkü uykumu alamamıştım.

- "Şimdi sorunuzun cevabını vereyim küçük hanım" dedi, "merak ediyordum ne diyeceğini."

- "Evet gerçekten de sizinle vakit geçirmek hoşuma gidiyor, inatçılığınız, sakarlığınız gerçekten de oldukça etkileyici. Hele de o erkek gibi giyim tarzınıza hayran oldum cidden. Yeterli mi?" dedi ukala ukala bakarak. Başka ne cevap beklenebilirdi ki, sadece tebessüm ettim, *"eminim öyledir"* dedim içimden. Yok bu adamla başa çıkılamazdı. Allah sevgilinize sabır versin dedim. Sevgilim olunca ona söylersiniz dedi. Ne diye aptalca konuşuyordu ki, sanki Ela sevgilisi değil miydi?. Aman neyse ne işte, beni ilgilendirmez.

Sonunda kahvem geldi. Sıcacıktı, bir yudum içtim *"oh be.."* dedim elimde olmayaraktan. *"Afiyet olsun"* dedi, *"teşekkür ederim"* diye cevapladım. Erkan'ı bilmiyordum ama ben çok keyif alıyordum Erkan'la konuşmaktan, bana hissettirdiği duyguyu çünkü daha evvel hiç yaşamamıştım. Bir başka Derya'yı keşfediyordum sanki onunla. Bu yaşıma kadar görmediğim bir başka beni yüzleştiriyordu kendimle. Yeni bir yolculuk gibiydi, hiç bilmediğim yabancı diyarlara doğru. Daha düne kadar bu duyguların varlığından bile haberim yoktu. Kendisine sesli bir şekilde teşekkür edemesem bile, müteşekkirdim ona. Çok acıkmıştı anlaşılan, peynir tabağını bitirmek üzereydi ben bu düşüncelere dalarken. "Neden güldün" dedi bana. "Hiç", diyebildim. Ona anlatsam her şeyin büyüsü kaçacak gibiydi çünkü. Bu hissettiğim duygusal armoni hoşuma gidiyordu, zaman zaman beni çelişkiye soksa da.

O da kahvesini söyledikten sonra,

- "Eee anlat bakalım ne kadar zamandır Mertle çıkıyorsun" diye sordu.

- "Çıkmak mı ? Mert hep yanımdaydı ki benim. Uzun yıllardır tanıyorum Merti" dedim.

- "O hem sırdaşım hem de keyifli anlarımı paylaştığım tek insan" dedim.

Yüzüme baktı, "bu kadar mı?" dedi.

- "Daha ne olacaktı ki" dedim.

Yüzümü inceliyordu, ona baktığımda gözlerinin saçlarıma doğru kaydığını gördüm. Ben de pişkinliğe vurup, "nasıl resmimi çizebilecek misin bari" dedim.

Gülerek, "fazla rastlanır bir yüzün var, merak etme çizilmesi zor olmaz" dedi. Hiç istifimi bozmadan "peki o zaman, neden dakikalarca beni izliyorsun" dedim. O da, "sen de beni izliyorsun ki, görmüşsün" dedi.

- "Peki tamam, kapatalım bu aptalca konuşmaları" dedim.

Yakışıklı olduğu kadar zekiydi de. Hazır cevap, ya da kızlarla fazla pratik yapmıştı. Ben de kafayı diğer kızlarla bozmuştum, *"bana ne canım onun görüştüğü kızlardan. Ne aptal bir kişiliğe bürünüyorum böyle y*a", diye düşündüm.

- "Bu arada sen ne zaman gidiyorsun?"

- "Bilmem buradaki işlerime bağlı, kim bilir belki de buraya beni bağlayan bir şeyler bulurum da hiç gitmem" dedi.

Bir ima sezmiştim, konuşmasından ama hiç istifimi bozmadım.

- "Aaa öyle mi hadi hayırlısı bakalım" dedim.

- "Sahi sen ne iş yapıyordun Erkan? dedim.

- "Ne o nüfusuna mı alacaksın beni?" diye soğuk bir espri yaptı.

- "Hiç komik değil" dedim. O sırada deniz üzerinde ki martıların sesleri geldi. Ne kadar canlıydı, "yeni mi geldiler" acaba dedim. Onlara artan ekmekleri atmak için sahile indim, Erkan da arkamdan geldi. Beraber onları beslemeye başladık, çok zevkliydi.

İlk lokmayı alan kapıyordu. Diğer ekmek parçasını ekmek alan martılar koşmuyordu.

Ne kadar güzeldi, insanoğlu öyle miydi, hemen akbaba gibi üşüşürlerdi.

Herkes doyuyordu bu sayede, ilk kez gözlemlemiştim bunu, güzel bir bakış açısı yakalama fırsatı doğmuştu benim için. Ekmekler bitince "biraz daha getireyim dedi" Erkan. "Tamam" dedim. Tam arkamı döndüğümde Erkan'ın cep telefonuyla beni çektiğini gördüm. Görmemişlikten gelip, "hani ekmekler" diye seslendim. Denize bakarken düşünüyordum, neden benim fotoğrafımı çekmişti ki şimdi. Hem de Mert'in kuzeni Ela ile birlikteyken. Bir koca ekmek sepetiyle gelmişti. Çocuklar kadar şendik, kim daha fazla ekmek atacak diye yarış yapıyorduk. Aramızda sessizce imzalanmış bir anlaşma olmuşçasına bir o atıyordu, bir ben atıyordum. Bütün uykum açılmıştı, martıların sesi çok güzel işliyordu ruhuma. Sesin aksine dinginlik veriyordu ruhuma, hiçbir şey duymuyordum onların sesi dışında. Ne kalp çarpıntısı nede kendimle çelişen sorunlar, bir an da uykuya dalmışlardı sanki.

- "Ne güzel değil mi" dedi Erkan. "İnanılmaz huzur veriyordu, sen de öyle hissediyor musun" dedi. Aynı duyguları yaşıyorduk, "kim olsa aynı güzel duyguları yaşar" dedim.

- "Haklısın" dedi gülümseyerek, o gülüşü yine başka diyarlara götürmüştü. Denizin mavisiyle birleşip yine beni benden almıştı gözleri, bilmediğim bir girdapta olduğumu hissettim birden. Elim ayağım yürümeye yeni başlamış bir çocuğun heyecanıyla birbirine karışıyordu adımlarım, artık ekmek atmayı bırakmıştım. Sadece onu izliyordum, onun mutluluğunu, onun çocuksuluğunu, onun hayata rağmen nasıl hafiflediğine şahitlik ediyordum. Kim bilir onun gözünde az evvel çizdiğim portreyi şimdi ben onda izliyordum. Derler ya insan insanın aynası diye, sanırım yaşadığım duygu aynen oydu!

- "Hadi artık gidelim" diye seslendim, "tamam" geliyorum dedi. Ben taşlara takılmadan yürümeye çalışıyordum, deniz ve martılar sarhoş etmişti beni. Kim bilir belki de fazla oksijen çarpmıştı. Bunları düşündüğüm sırada ayağım bir taşa takılıp tam düşecekken arkadan Erkan tuttu beni. Kollarının arasındaydım. Bir zaman hareket etmeden aynen durdum. Onun da kaldırmaya niyeti yoktu beni. İkimizde sevmiştik, belki de beklemiştik bu anı. Dengemi yitirmiştim, nasıl yürüyebilirdim ki şimdi.

- "Koluna girmeme müsaade et, ayağın zaten burkuldu, bir ikincisini bu kadar ucuz atlatamazsın" dedi. Beni duymuş, yaşadığım hissi anlamıştı ben konuşmadan. Sadece sustum onun bir kolumdan tutunmasıyla, yitirdiğim dengemi tekrardan buldum.

İnsanlar da öyle değil midir zaten.

Herkes birbirinin yarasını, ya da eksik olan yanını tamamlamaya çalışır.

Bunun yıllar süren bir alışkanlıktan sonra yaşanabileceğini sanırdım ama yanılmışım. Her insanı ayakta tutan bir denge unsuru vardı. Bu çoğu zaman inançtı, kimi zaman adı umut oluyordu, kimi zaman bir insan. Neticede hep güvende hissetme duygusu, inanç çıkıyordu karşımıza. Nasıl geldiğimizi bile hatırlamadım, ne zaman gelip hangi zaman da sandalyeme oturmuştum, ayakların yerden kesik olma durumu bu olsa gerekti. Hesabı istedi Erkan. "Hayır ben ısmarlıyorum" dedim. "Hayır bu sefer benden olsun, sen daha ağırını karşılarsın akşam yemeği ısmarlayarak" dedi Erkan. Bu bir randevu teklifi miydi şimdi? Yanaklarımın yine kızardığını hissettim zamanın nasıl geçtiğini anlamadım bile öğlen olmuştu, eve gitmeliydim artık. Arabaya bindikten sonra uzun bir sessizlik oldu evin önüne kadar. Hiç konuşmamıştık, teşekkür ederek arabadan indim. Tam kapıyı kapatırken, "asıl ben teşekkür ederim bu güzel ve anlamlı gün için" dedi. İçim pır pır ediyordu. Ağzım kulaklarımda bindim asansöre, aynadaki beni bile tanıyamadım. Bir insanın yüzü bu kadar mı gevşer..

***

Zehra hanımla az sohbet ettikten sonra odama gidip duş aldım. Biraz uyumak istedim, uykusuzdum neticede. Ne güzel bir gündü bugün böyle diyerek, uykuya dalmışım. "Kızım, kızım Derya!" diye başımı okşuyordu Zehra hanım, "efendim" diyerek uyandım.

- "Çok ısrarla aradığı için uyandırdım kusura bakma kızım, Mert telefonda" dedi.

Telsiz telefonu kulağıma aldığım da, *"bu ne ya! saatlerdir, güzellik uykusuna mı yattın canım ya? Nasıl meraklandırdın beni bir bilsen"* diye bağıran Mertin sesi, yankı yapmıştı kulağımda. Dur bir dakika saat kaç olmuştu ki, neden bu kadar merak etmişti anlamadım.

- "Akşama hazırlan yemeğe çıkıyoruz, Ela'larla" dedi.

- "İstersen Ezgiyi de sen ara canım, bir teşekkür yemeği vermek istiyorum" dedi.

Nereden çıkmıştı ki şimdi bu yemek, "tamam" diyerek kapattım telefonu.

- "Ne, Elalarla mı?" Demek ki Erkan da gelecekti. Off çok yorgunum nasıl hazırlanacaktım ki, önce saate bakmalıydım kaçtı acaba. Saatin beş olduğunu görünce gözlerim yuvalarından çıkacaktı. Hemen kalktım, elimi yüzümü yıkadım. Sağ olsun aç olduğumu anlamış ki, benim için sofrayı hazırlamıştı Zehra hanım.

- "Gel kızım biraz atıştır öyle çıkarsın odana" dedi. Evet biraz atıştırmalıydım, öğlen yemeği yememiştim. Biraz çorba içtikten sonra "diğerlerine gerek yok, sağ olasın yemeğe çıkacağım zaten" dedim. Daha kuaföre gitmeliydim, saçlarım ıslak yattığım için çok dağınık görünüyorlardı. Ne giymeliyim acaba diye, çorbamı içerken düşünmeye başladım. Aklıma geldi *"demek ki erkek gibi giyiniyordum öyle mi, sen görürsün şimdi erkek kıyafeti nasıl oluyormuş, Erkan bey"* dedim, içimden. En güzel elbisemi giymeliydim, neticede kalabalık bir akşam yemeğine davetliydim. Siyah Ezgiyle beraber aldığım mini elbisemi aldım, aynanın karşısında üzerime doğru tutuyordum. Evet, en iyisi bu dedim, bu gece bunu giymeliydim. Acaba çok mu kısaydı ya, *"yok yok gayet güzel hadi bakalım şimdi giyinip bir kuaföre çabuk çabuk",* diye seslendim kendi kendime. Kendisiyle konuşmayan insan var mıydı acaba? İç ses dediğimiz olgu, güzel bir duyguydu. Kendini daha iyi ifade ediş şekliydi benim için, Kendi süzgecinin söze döküm hali..

Kuafördeyken aklıma geldi; Ezgi'yi aradım, yemeğin saatini sordu bunu ben bile bilmiyordum, "Mert'i arayıp öğrenebilir misin canım" dedim. "Sen neredesin?" diye sordu, kuaför de olduğumu söyleyince, "hayırdır ben de geliyorum hangisindesin" dedi. Şaşırmıştı Ezgi, haklıydı en son abimin düğününde saçıma fön çektirmiştim sanırım. Öyle boyayla falan işim olmaz benim, saçlarım da hafif dalgalı olduğu için çabuk şekil alır. O yüzden hiç gereksinim duymam, kuaföre gideyim de saçlarıma bir şeyler yaptırayım diye. Bana göre zaman kaybıydı bayanların saatlerce kuaförde geçirdikleri saatler. Onlardan biri de Ezgiydi, saç kalmayacak kızım saçında bu kadar uğraşma bu saçlarınla derdim. Bu arada abim aradı, sanırım eve gidip beni göremeyince telaşlandı, Ezgiyi sordu, bugün beni akşam yemeğine götüreceğini söyledim. "Hadi bakalım bir gece de hep beraber çıkalım hadi öpüyorum kızım, kendinize dikkat edin" diyerek kapattı telefonu. Evet bu işte tamamdı, sanki daha bir farklıydım bu gece, gözlerim ışıl ışıldı. Ama bir şeyler eksikti sanki, "fön çeken bayan makyaj yapmamızı ister misiniz"? diye sordu. Evet aradığım cevap buydu, makyaj yapmalıydım. Evet diyerek diğer bölüme geçtim.

O sırada Ezgi geldi, "fönümü çektirip geliyorum canım Merti aradım fazla vaktimiz yok, yarım saate buradan çıkmış olmamız gerekiyor" dedi. Evet benim işim bitmişti, saçına fön çektiren Ezgi'ye doğru gittim, tam nasıl olmuşum? diye soracakken, Ezgi büyülenmiş bir şekilde;

- "İşte bu, ya! süper olmuşsun canım, seni hep böyle görmek istiyorum" dedi.

Çok mutlu olmuştum. Sanki gözlerim başkasının gözleri gibi gelmişti aynaya baktığımda. Sahi benim bu kadar uzun kirpiklerim var mıydı? diye düşünmedim değil. Ezgi'nin fönü bitmişti, hesabını ödedikten sonra yemek yiyecek olduğumuz mekana doğru yola çıktık. Şimdi anlat bakalım bu geceki şıklığının nedenini dedi. Ben de *yoo içimden geldi sadece* dedim, Güldü *hep böyle ol, çok güzel olmuş-*

sun canım" dedi. Restoranın merdivenlerinden çıkarken, ayaklarımın titrediğini hissettim. İlk kez gelmiştim, bu restorana, deniz manzaralı güzel bir mekana benziyordu. Nereden bulmuştu acaba, Mert burayı diye düşündüm. Çok heyecanlıydım, oysa ki Mertle hiçbir buluşmamızda hiç bu kadar heyecanlanmamıştım. İçeriye girdiğimizde bütün gözlerin üzerimde olduğunu hissettim. Nereden de topuklu ayakkabı giydiysem, sanki boyum çok kısaydı. Allahtan üzerimdeki paltom uzundu. O sırada Mert'in şaşkın bakışlarını gördüm, Ezgi tuttu elimi, "hadi buradan canım" dedi.

Masadaki herkes şaşkın bir ifade ile bana bakıyorlardı. Alışık değildim ben böyle bakmalara, utanmıştım. Mert ayağa kalkıp sandalyemi çekti, "bu ne güzellik" diye kulağıma fısıldadı. Erkan'ın gözü hala üzcrimdeydi. İyi akşamlar diyerek oturduk Ezgiyle masaya. "Bu ne güzellik" dedi Ela, "teşekkür ederim sen de öylesin" dedim zarif bir ses tonuyla. "Paltonu çıkar da girişe bırakayım canım" dedi, Mert. Ayağa kalktığımda utandım tekrardan üzerimdeki bakışlardan. Ne giymişim de öyle bakıyorlar ya, sanki çok tuhaf giyindim diye düşündüm. "Harikasın bu gece hayatım" dedi Mert sesli bir şekilde, benimle gurur duyduğunu ifade ediyordu her cümlesi. Mert'i hiç bu kadar bana iltifat ederken görmemiştim. Ya da ben mi böyle giyinmiyordun acaba, ondandı sanırım. Ela da hoş bir kızdı, ama sanırım bu gece benim yanımda birazcık sönük kalmıştı. Ela ile Ezgi sohbete başlamışlardı bile.

- Mert, "canım biz soğuk mezeleri istedik, istediğin bir şey varsa ekletebiliriz" dedi.

- "Gerek yok canım" dedim.

- Ezgiye dönerek, "sen ister misin canım" dedim.

- Ezgi, "tabii benimle ilgilenen yok" dedi, elimi uzattım ona sıkı sıkı tuttu, "aşk olsun" dedim.

- "Şaka yaptım" dedi. Artık rahatsız olmuştum Ela görmüyor muydu acaba, Erkan hep bana bakıyordu. Mert gecenin konuşmasını yaparak, bütün herkese dün onu yalnız bırakmadıkları için teşekkür etti. Teşekkürlerin en güzelini hak eden insana, ayrıca teşekkür ediyorum dedi bana bakarak. Elimi aldı ve öptü. Tuhaf olmuştum, bunlar Mertten gördüğüm hareketler değildi. Alçılı kolunu uzatarak, hadi ilk imzayı sen at hayatım dedi. Burası yeri mi canım dedim, sonra da atabilirim diyerek tebessüm ettim. Eski Mertti işte hiçbir zaman yeri zamanı olmaksızın hareketlerde bulunurdu, aynı küçük bir çocuk gibi. Herkes gülmüştü Mert'in bu hareketine.

- "Hadi ben atayım o zaman ilk imzayı" dedi Ela.

- "Hayır, sen Deryam'dan sonra atarsın imzanı" dedi.

- "Bu arada nasıl geçti defilen, benim yüzümden de uykusuz kaldın" dedi Mert, Ela ya.

- Ela, "yorgundum ama keyifliydi, neticede ben uykusuzluğa alışığım" dedi, Erkanın gözlerine bakarak. Erkanın yüzü kızarmıştı. Ezgi işaret etti, "lavaboya gidelim" diye. "Tamam canım" dedim. Müsaade isteyerek lavaboyu aramaya koyulduk. Neyse ki alt kattaymış, daha rahat konuşabilecektik. İner inmez,

- "Kızım bu ne Erkanın gözü sende resmen, bu ne terbiyesizliktir, Elayla Mert hiç görmüyor mu?" dedi.

- "Yok canım, sana öyle gelmiştir" diyerek geçiştirmeye çalıştım.

- "Öyle değil ama hadi bakalım öyle olsun" dedi.

- "Adam haklı aslında girdiğimizde bile bütün restorandaki insanlar sana bakıyordu, bakmaması anormal kaçardı. Kızım fazla süslenme her zaman, inan trafiği alt üst edersin sen" diyerek konuyu kapattı.

- "Hadi rujumuzu tazeleyelim gelmişken" dedi.

- "Bende yok ki" dedim, gülerek "alış artık canım" diyerek çantasından çıkardığı ruju bana uzattı. Rujlarımızı da tazeledikten sonra, yukarıya doğru çıktık, merdivenlerde Erkanla karşılaştık, yine çarpıntım başlamıştı. Beni süzüyordu alenen, tam da Ezginin karşısında. Dirseğiyle dürttü Ezgi, merdiveni geçtikten sonra;

- "Bak söylemedi deme, bu adamın sana ilgisi var" dedi bana.

- "Aman saçmalama, her bakan ilgiden mi bakıyor sanki".

- "Neyse hiç inandırıcı gelmedi ama öyle olsun" dedi, Ezgi. Elayla Mert masaya gittiğimizde koyu sohbetteydiler. Kulak misafiri oldum konuştuklarına istemeden de olsa, Erkan'la aralarındaki ilişkiyi soruyordu Mert, ne derecede olduğunu öğrenmek istiyordu.

- "Aslına bakarsan kuzen biz Erkan'la ayrıldık, geçen gece sizinle karşılaştığımızda onun kavgasını yapıyorduk. Ama ben dostluğumuzun devam etmesini istedim, sağ olsun o da beni kırmadı, anlayacağın ondan dostça ayrılmaya çalışıyorum, gönül istemese de" dedi.

- "Nasıl ayrılık bu ya! Ne zaman görsem beraberler, külahıma anlat sen bunu kızım" dedim. Ezgi yaramaz çocuk edasıyla kaş göz işareti yapıyordu bana, bak gördün mü dercesine. Karşıdan doğru gözlerini bana dikmiş olarak geliyordu Erkan. Alkolü mü fazla kaçırmıştı acaba. O sırada Ela,

- "aa canım sen neden şaraptan içmiyorsun, bak güzeldir tadı denemelisin bence" dedi, bana. Mert alkol kullanmadığımı söyledi. "Çok şey kaçırıyorsun bak" dedi. "İçimden eminim öyledir" dedim, pis bir tebessümle. Bu konuşma Erkanın hoşuna gitmiş olmalı ki gülüyordu, bana doğru. *Mert şu ifadesiyle bir görseydi de onu o zaman görürdü bana öyle bakmayı. "Pis çapkın"* dedim, içimden. Ela, devamlı ünlülerin ortamlarında olduğu için hep onları anlatıyordu, bir zaman sonra bu muhabbet Ezgiyle beni baymaya başlamıştı. Gerçi Ela'yı da dinleyen bir tek Mertti, ağzı kulaklarında.

Gecenin ilerleyen saatlerinde müziğin sesi daha çok açılmış, insanlar dans etmeye başlamıştı.

- Mert elimi tutarak "hadi canım dans edelim" dedi.

- "Etmesek ayağım çok da iyi değil şu an topuklu ayakkabılarla geldim" dedim.

- "Hadi ben tek kolumla sana yardımcı olurum" dedi. Kırmak istemediğimden dolayı kalktım dansa, biliyordum huyunu kalkmasam kaldırıncaya kadar bozuk plak gibi söylenecekti. Bizim arkamızdan Erkan da Ela'yı dansa kaldırmıştı. Çok garip gelmişti, yarım günümü geçirdiğim adama bir yabancı gibi davranmak, zoruma gitmiyor değildi, bu durum. *"Ne yani kucağına mı atılacaktın, saçmalama derya"* dedim kendi kendime. Yine zihnim bulanmaya başlamıştı, Ela'nın "ay kıyamam kuzenime, gel biraz da benimle dans et" dediğini duydum. Eyvah, sanırım korktuğum başıma gelmişti. Mert "peki" diyerek, eşleri değiştiler Erkanla. Ben yerime geçmek istedim ama Erkan öyle bir tutmuştu ki elimi, hareket dahi ettiremiyordum. Ortam bozulmasın diye de bozuntuya vermemeye çalışıyordum.

- "Bugün beni büyük bir hayal kırıklığına uğrattın, küçük hanım" dedi. Merak etmeme rağmen sesimin titremesinden korktuğumdan dolayı sesimi bile çıkaramadım. Ben başıma gelecekleri biliyordum, inşallah bayılmam diye dua ediyordum içimden.

- "Peki sen sormayacaksın madem ben açıklayayım, senin hiç bu kadar güzel bir kız olduğunu tahmin bile edemezdim. Demek ki makyaj, bütün çirkin kadınları güzelleştirebiliyormuş" dedi. Cevap vermemek için kendimi zor tutuyordum, bir yandan kalbime çok ağır gelmişti artık bu durum. Bir ara bayılacak gibi hissettim kendimi, o anda Erkan'ın eliyle belimi sıkı sıkıya tuttuğunu hissetim. Demek ki, o da anlamıştı durumumu ve benimle dalga geçiyordu. Alçaklıktı yaptığı resmen benimle oyun oynuyordu, silkelen dedim kendi kendime ve o anda "teşekkür ederim yeterli" diyerek yerime oturdum. Sesli bir şekilde söylediğim için, ısrar etme şansı bırakmamıştım ona. Masaya oturduktan sonra, Ezgiyle mekanın analizini yaptık, benim rahatsız olduğumu anlamış olacaktı ki, dans mevzusunu konuşmadı bile. Gerçek dost bugünlerde yüzünü gösteriyordu işte. Canım benim, sır ortağım, anlayanım..

Erkan lavaboya gitmişti, masaya gelmeye cesaret edememişti. Ela ve Mert masaya geldikten sonra o da geldi masaya, karşımda o pişkin adam gitmiş, utangaç bir adam duruyordu. Ela ve Ezgi okul muhabbetlerine başladılar. Mert Erkan'la ne iş yaptığına dair sohbet ediyordu. Ben de kendi dünyamda, ben de olup bitenleri analiz etmeye çalışıyordum. Bu zamana kadar ayakları yere basan, attığı adımı bilen biriydim. Daha evvel hiç bu tarz bir biyolojik savaşın içinde bulmamıştım kendimi. Savaşım hem ruhsal hem de biyolojikti. Bir yanım nereye giderse gitsin, dinle yüreğini, oysa ki zihnim de, uzak dur bu adamdan, tehlikeli diyordu. Beynim karıncalanmaya başlamıştı, gündüz geçirmiş olduğum güzel güne inat oldukça zorlayıcı bir gece geçiriyordum. Sanki Mert bir yabancı, Erkan ise yıllardır tanıdığım bir insan gibi duruyordu. En kötüsü de Erkan farkındaydı, biliyordu hissettiklerimi, onun yüzünden kedinin fare ile oynadığı gibi oynuyordu benimle. Mertle bir ara göz göze geldik.

- "İyi misin? rengin sararmış" dedi.

- "Yok, iyiyim birazcık yorgunum sadece" dedim. Kimse tabaklarına dokunmamıştı, görünen o ki kimse aç değildi. Yemek faslından sonra, hareketli müzikler çalmaya başladı, Erkan ve ben haricinde herkes piste çıkmıştı, oynamaya.

***

Kader bilmeden olsa gerek ağlarını örmeye başlamıştı. Mutlaka ne olursa olsun bir şekilde, baş başa kalıyorduk, her bulunduğumuz ortamda, o da çok ilginç gelmişti bana. Gözü bendeydi, ben oynayanları izliyorum hissi versem de görüş alanımda bana baktığını görebiliyordum. Çok masumdu, güzel mavi gözleri ufalmıştı. Bu adamın, inkar etmeye çalışsam da etki alanına çoktan girmiştim. Bugün deniz kenarında yaşadıklarımı hayatım boyunca unutamayacağım bir anı olarak, hafızama yerleştirmiştim. Ben o güne kadar İstanbul'un bana bu kadar keyifli gelebileceğini sanmıyordum. Aksine, beni boğan, insan kalabalıkları mevcuttu. Üstüme geliyordu çoğu zaman bütün şehir, bir tarafta varoş mahalleleri, bir tarafta gökdelenler. Ben arafta kalmıştım. Ne beyaz ne siyah, gri bir sokaktaydım bugüne kadar, ta ki gökyüzünde ki yıldızları Erkan'ın yüzünde gördüğüm ana kadar. Bugün gündüz vakti yakalamıştım o anı, ne garipti değil mi, güneşin ışıklarını görmeden bir insanın yüzünde ışıl ışıl yıldızları izleyebilmek. Küçüklüğümden itibaren sevgi dolu bir ailede büyümüştüm. Her maddi kazancın, manevi hazza dönüşerek bir başka şekilde yaşanması gerekliliği öğretilmişti bana. Her ne şekilde ne durumda olursam olayım doğruluk ilkemdi. Kötülüğe esir olamazdım. Kötülüğün bir o kadar tehlikeli ve bulaşıcılığını, gerek akraba çevremden gerekse arkadaş çevremden gözlemlemiştim. Kötülük ve iyilik aslında insanların kendilerine yakıştırdıkları bir renkti benim nazarımda. Herkes kendine yakışanını yaşıyordu, onu giyiyordu. Kimse kimseyi aslında ne iyiliğe ne de kötülüğe bulaştırıyordu. Aklı olan her insanın seçim yapma özgürlüğü vardı. Dileyen herkes istediğini seçmekte özgürdü. İnsanların doğrularıyla gurur duymalarından nefret edenlerdendim. Asıl doğruluğun, bir insanın kaç yanlışını doğruya çevirebilme becerisiyle ilgilenenlerdendim. Bu kadar yanlıştan kaçan bir insan olarak, Erkanın yanlış bir insan olduğunu bildiğim halde bu durum bana nasıl keyif veriyordu, anlamıyorum. Yanlışın cazibe haline dönüş şekli bu olsa gerek sanırım. Kaybolmuştu gözlerim, hareketli insanların içinde. Sadece hissettiklerimi bırakmıştı bana düşüncelerim. Dönmem gereken bir yolum vardı, virajı almadan..

***

Mert'in, "sen de oynamak ister misin" sorusuyla irkildim. Tekrar sordu,

- "İyi misin?" "sende bir şeyler var" diye.

- "Yok iyiyim hava alsam iyi olacak" dedim.

- "Beraber çıkalım hadi" dedi,

- "yalnız daha iyi olurum" dedim. Bozulmasına rağmen hissettiklerimi söylemiştim ona. Şu an en iyi ilaç yalnızlıktı benim için. Restoranın yan tarafından kapalı olan balkona geçtim. Hava ayazdı, beni silkeleyeceğine inanmıştım. Kan akışımı değiştirebildiği gibi belki duygu durumumu da değiştirebilirdi diye düşündüm. Ezgi geldi arkamdan, ne güzel hava değil mi ? diye sordu. Yıldız yok hava da yarın daha da soğuk olacak dedi. Ah dedim, bir görebilsen yıldızları, ben diyeyim on sen gör yüz tane..diye geçirdim içimden. Fazla melankolik olmuştum, koluma girip hadi hastalanmayalım içeri girelim canım dedi. Oysa ki bilmiyordu Ezgi, kaybolmuşluğuma doğru çekiyordu kolumu, var olmama sebep olan soğuğa inat, ateşe götürüyordu beni.

Çok ağırdım, kendimi taşıyamıyordum artık, tek isteğim eve gidip uyumaktı. Hiçbir şey düşünmeden, sorgulamadan.

- Ezgi gidelim mi artık? dedim.

- Peki olur da, ne oldu? Bir sorun mu var? diye sordu.

Sorun her zaman vardı, asıl sorun sorunun kaynağını bilememekti, aynı şu anki durumum gibi. Ortalıkta bakan boş boş gezen gözlerimi o da fark etmiş olacak ki, cevabını beklemeden hadi kalkalım dedi. Mert Elalarla gelmişti zaten, başta erken daha gitmeyin diye tutturdu ama Ezgi ile ısrarımıza dayanamadı. Ela ile Erkan tango yapıyorlardı, son kez bakmak istercesine bakıp önüme döndüm, Mertle vedalaştıktan sonra çıktık. Merdivenlerden inerken yüreğimin hala dans eden o insanların arasında dolaştığına eminim. Çünkü şu an hiçbir şey hissetmiyordum. Arabaya biner binmez son ses müzik açtı Ezgi, "şöyle bir dağıtalım ya, ne kasvetti o öyle. Ruhum daraldı valla, yok kızım böyle yerler bize göre değil" dedi. Söylediklerini dinliyordum sadece, ne müziği duyabiliyordum, ne de ne söylemem gerekliliğini biliyordum. Sustuk ikimiz de, avaz avaz çalan bir müzik vardı aramızda sadece. Işıkta durduğunda elimden tutup, geçecek canım dediğini duydum. Geçecek miydi? gerçekten.

Siteye girdiğimizde "geldik canım" dedi. Gelmek istediğim istikamet, olmak istediğim yer burası mıydı? "Yukarıya kadar eşlik etmemi ister misin?" diye sordu Ezgi, "sağol canım çıkabilirim, iyi geceler" dedim ve kapıyı kapattım. O gittikten sonra, tam apartmanın önüne gelmiştim ki, girmek istemedim eve, daha da boğulacağımı hissettim. Deniz, evet evet, denizle konuşmak iyi gelebilirdi bana. Onunla konuşmaya ihtiyacım var çünkü. Trafik yoğun değildi, rahatlıkla karşıya geçmiştim. En son çocukluğumu yaşadığım yere gitme isteği duydum, evet bugün gittiğimiz kafeydi orası. Martıları göremeyecektim belki, ama konuşmak rahatlatabilirdi beni. Uzun bir sahil yürüyüşünden sonra varabilmiştim. Masalarda mum ışıkları yanıyordu, bir ya da iki masada müşteri vardı sadece, saate baktığımda dokuz buçuk olduğunu gördüm. Vaktim vardı, bekleyenim de yoktu zaten. Masaya oturur oturmaz gençten bir garson ne ikram edebiliriz? diye sordu. Şaşırmıştım, ikram mı? Çay alabilirim dedim, buruk bir tebessümle. Memnuniyetle dedi, çocuk. Yanlış duyduğumu sandım. Dingin bir hava vardı rahatlatıcı, deniz soğuğun ayazını kırmıştı sahilde. Çayımdan bir yudum aldıktan sonra sahile indim, çakıl taşlarını yerden toplayıp, denize atmaya başladım. Biraz ilerde ateş yakmış bir grup vardı, gitarın sesi buraya kadar geliyordu. Ruhumun denizin dalgalarıyla beslendiğini hissettim, sanki farklı bir hava soluyordum, bu mekan da. Yakamoz vardı denizde, ışıltıyla parlıyordu. Gel bana doğru dercesine uzatmıştı ışıklı yolunu bana. Bir adım daha atsam denizdeydim..

Zamanın nasıl geçtiğini anlamadım bile, gidip soğuk çayımdan birkaç yudum daha içmek istedim. Masama baktığımda masamda birinin oturduğunu gördüm, sanırım masadaki çayı görmemişti. Neyse müsaade, isterseniz bir başka masaya oturabilirim diye düşündüm. Masama yaklaştığımda Erkanla göz göze geldim. Bu nasıl olabilirdi ki, iyice abarttım halüsinasyon görmeye başladım artık diye düşündüm. Hayır, masama geldiğim de gerçekten de onun olduğu gerçeğini güçte olsa kavradım. "Merhaba" dedi, yine her zamanki şefkatli ses tonuyla, "merhaba" dedim sadece ve yerime oturdum. Restorandaki iki yabancı yüreğin neden burada karşılaştığını merak ediyordum. Bu bir rastlantı olamazdı. Bir mahsuru var mı? "Kalkabilirim" dedi, kalk desem kalkmayacağını bildiğim için, bu hakkı bana vermiş olsaydın, başta oturmuş olmazdın dedim.

- "Neden durgunsun?"

- "Gündüz bıraktığım gibi değilsin?" dedi.

Ne demeliydim ki, iyiyim desem inandırıcı gelecek miydi cümlelerim, ya da eksik mi kalırdı yüz ifadem acaba.

- "Hadi gel beraber denizi besleyelim bu sefer" dedi. Nasıl olacaktı bu!

- "Bak şimdi, deniz kenarına inip beraber şarkılar söyleyeceğiz, sonra göreceksin dalgaların bize eşlik ettiğini" dedi, Erkan.

- "Sen şarkı söyle ben taş atarım" dedim, "yazık balıklar kaçar o zaman beraber söylemeliyiz" dedi.

"Peki" dedim, beraber indik denizin kıyısına, bir şeyler mırıldanmaya başladı, ben de eşlik etmeye başladım. Çok soft bir sesi vardı, söylediği şarkı çok güzeldi. Yüreğim yine kıpırdanmaya başlıyordu, her söylediği söz yüreğime işliyordu. Nakış nakış, lime lime motifleniyordu yüreğim. Benim elimde değildi artık, ne rengini belirleyebilirdim, ne de şeklini.

Varmasam yoluna, isyan edecekti biliyorum, çıkmaz sokaklarına sürgün edecekti beni.

Varsam belki kayboluşlarımı bulacaktım, aldanışlarım olacaktı, kim bilir var diye bildiklerim.

Yine o gülüşüne düştüm, bak yine yitiyorum, özümü sözümü geride bırakarak.

Yakamoz kıskanmış mıdır ki, o gülüşü, o ışıltıyı, bilemedim; ama ay şahitti...

Yerde bulduğu plastik bir boruyu mikrofon yapmıştı, çocuklar gibiydi bağırarak şarkı söylüyordu.

- "Gel dedi, gel.. hadi, mikrofonda beraber şarkı söyleyelim".

"Peki" diyerek yanına gittim beraber şarkılar uyduruyorduk, çok güzel vakit geçiriyorduk. "Mikrofonu biraz da sen tut" dedi, elime verdi plastik parçasını, o sırada elini elimin üstüne koydu. İşte o an da bütün ışıklar yandı, bütün ambiyans gitmişti. Buz gibi oldu ellerim, kaçarak uzaklaşmaya çalıştım olduğu yerden, nefes nefese kalmıştım.

- "Neden kaçıyorsun benden" diyerek, belime sarıldı arkamdan.

"Bırak" dedim, "bırak beni.." İnadına daha çok çekiyordu kendine doğru, "bana bak" dedi, "yüzüme bak!" "Sen ne hissediyorsan ben de aynı duyguları yaşıyorum, çocuk değiliz ikimiz de. Lütfen yalvarırım bir bak, yüzüme.. Ağlıyordum, bütün bedenim sarsılmıştı, kendimde değildim, hep kayboluyordum bu adamın kolları arasında. Hıçkıra hıçkıra ağlarken yüzümü kendi yüzüne çevirdi, "tamam geçti, tamam.." diyerek yumuşak hareketlerle yüzümden akan göz yaşlarımı siliyordu. Annemin şefkatini hissettim elleri yüzümdeyken. Sarıldı bana, "sakin ol.. tamam hadi bak ağlama, gel oturalım istersen" diyerek ellerimden tuttu, beni kendine doğru çekiyordu, masaya geldiğimizde sandalyemi çekip, beni oturttu. Garsonu çağırıp peçete ve iki adet sade Türk kahvesi söyledi. Nereden biliyordu ki, kahvemi sade içtiğimi. İnanılmaz bir insandı, konuşmadan ne demek istediğimi anlıyordu, bu gece buraya gelişi de ayrı bir muammaydı. Ben denize doğru bakıyordum, "kusabildin mi tüm öfkeni" dedi bana. Yok deniz kirlenir diye kusamadım, diyemedim. Sustum..

Kahvelerimiz geldikten sonra anlaşmışçasına konuşmuyorduk ikimiz de, "istersen konuşabiliriz" dedi. Neyi konuşacaktık ki! Benim ona teslim olup, Mert'in duygularını çöpe atmam gerekliliğini mi? Yoksa Ela'nın sadece onun sosyal arkadaşı olmasına rağmen yirmi dört saat neden beraber olduklarını mı konuşacaktık? Aptallıktı yaptığımız, kışın kasvetinden aptalca bir oyunun içindeydik. Onu bilemezdim ama Mert'i kaybetmeyi göze alamazdım. Hesabı istedi, garsondan. "Hesabınız yok" dedi garson, bana dönüp "Erkan sen mi ödedin?" diye sordu, hayır dercesine başımı salladım. Konuşmaya dermanım yoktu. Kurumuştu boğazım, son yudum kahvemi içtikten sonra sahile doğru yürümeye başladım. Arkamdan koşturur şekilde Erkan geldi. "Bu hıza yetişemiyorum, biraz yavaş git istersen" dedi. Akabinde, "neden hesap ödendi dediklerini biliyor musun?" dedi. Umurumda bile değildi şimdi bu, saat ondan sonra gelen bayan müşterilerden hesap almıyorlarmış. Bunun nedenini biliyor musun? Genelde erken saatte gelen insanlar burada güzel vakit geçirmeye gelirlermiş. Ama geç vakit gelen insanlar efkar dağıtmaya, dertlerinden bir nebze de olsa uzaklaşmak için geliyorlarmış. "Özellikle neden bayan müşterilerden hesap alınmadığını biliyor musun?" "Çünkü burayı işleten adamın kızı burada iki sene evvel intihar etmiş" dedi.

Tam o sırada Erkana döndüm, gerçekten de acıklı bir hikayeydi. Derdi neydi acaba, gencecik yaşında bu dünyadan vazgeçecek kadar diye düşündüm. Ben de çok üzüldüm. Bir yakınım da öyle intihar etmişti, "Allah kimselere yaşatmasın" dedim. "Neymiş yani, önce sağlık, asla bir daha seni ağlarken görmek istemiyorum" dedi, Erkan.

- "Hatırladın mı bana yemek borcun vardı" dedi.

Ne zaman dercesine baktım gözlerine, "seni evine bıraktığımdan itibaren" dedi. Gülümsedim, "peki ne zaman istersen" dedim.

- "O zaman yarın öğle yemeğine ne dersin" dedi. "Peki" dedim..

- "O zaman tam saat on ikide, restoranın adını verdi orada buluşalım, olur mu küçük hanım?" dedi.

- "Tamam öyle olsun" dedim. Sanki kırk yıllık dost gibiydi, hep öyle olsaydı keşke.

- "Hadi yarış yapalım" dedi, "karşıya kim daha hızlı geçecek" diye. "Tamam" dedim, ayağımdaki topuklu ayakkabılara aldırış bile etmeden. İlk adımı Erkan attı, yolu yarılamıştı bile. Ben arabaların geçmesini beklyorken, tam o sırada Ezginin arabası geçti, yanında bir erkek vardı, tam yüzünü görememiştim. Gecenin bu saatinde, yoo kesin onun arabası nereye gidiyordu acaba diye düşündüm. Tam yolun karşısından Erkan el sallıyordu, "hadi ama .." diye. Aklım karışmıştı, arabadaki Mert miydi acaba. Ne işi vardı canım bu saatte Ezginin arabasında Mert'in. İçime kurt düşmüştü, Mert'i aradım cevap vermedi, Ezgiyi aradım o da uzun süre çaldırmama rağmen telefona cevap vermedi. Yolun karşı tarafına geçtim, Erkana arabasının nerede olduğunu sordum, o da burada yakınlarda olduğunu söyledi arkasından "ne oldu?" diye sordu.

- "Hiçbir şey sormayacaksın, sadece beni bir yere götürüp bekleyeceksin tamam mı" dedim.

- "Ne oldu? Bana da, anlatabilir misin?" dedi.

- "Soru sormayı üsteleyeceksen taksiyle gideceğim, kararını ver!" dedim.

- "Peki sustum, bir şey sormayacağım" diyerek arabasının olduğu yöne doğru hızlı bir şekilde yürümeye başladı. Kalbim yine kötü olmuştu, bu sefer bir el sıkıyordu adeta. Bu Erkandan kaynaklanmıyordu bu sefer, hayret bir şey Ezgi'yi görmemle nasıl olmuştu ki böyle. Nedense içim rahat etmeyecekti, telefona en azından biri baksaydı bu kadar kötü olmayacaktım, ama ikisinin birden telefona bakmayışı midemi bulandırmıştı. Arabaya bindikten sonra gideceğimiz adresi verdi, "sadece sen kapıda bekleyeceksin" dedim. "Tek başına kimin kapısına gideceksin?" diye sordu. "Sen merak etme sorun olmayacak" dedim. Mert'in evine yaklaştıkça daha da artıyordu çarpıntım, yok yok! kesin yolunda gitmeyen bir şeyler vardı. Mertin ailesi Karşıyaka'da oturuyordu, Mert okula yakın olabilsin diye annesi bu evi satın almıştı yıllar evvel.

Mert'i tekrar arayacaktım vazgeçtim. Arabadan apar topar indim. Tahmin ettiğim şey başıma gelmişti, evet Ezgi'nin arabası Mert'in kaldığı apartmanın önündeydi. Hızlı adımlarla apartmana girdim asansörde yedinci katın düğmesine bastım. Kapıya geldiğimde tam zile basacaktım ki vazgeçtim. Ya, korktuğum gibi bir şey değilse dedim içimden. Ya öyleyse! diyordu bir yanım da. Gecenin bu vaktinde neden Mert'in evinde olsun ki. Ne saçmalıyordum ya, ne Mert ne de Ezgi böyle kötü bir şey yapmazlardı. Son bir kez daha cesaretimi toparlayıp bastım zile, ışık açıktı ama gelen yoktu kapıya. Kendi kendime düşündüm bunu kaldırabilecek miydim? Bir anda iki dostumu birden kaybedebilirdim sonuçta. Ya benim arkamdan oynanan oyun ne olacaktı, ne yani! göz mü yumacaktım? Israrla zile bastım, nihayet Mert'in sesi;

- "Kim o?" diyordu. Sakin bir ses tonuyla "benim canım" dedim.

- "Derya sen misin?" diyordu. Evet, "açsana canım" diyordum, kendimi zor tutuyordum bu arada. İçeriden gelen tak tuk sesinden sonra kapı açıldı. Hemen girişe baktım, Ezgi'nin ayakkabısı yoktu, her yer toplu ve Mert giyinikti. Günahlarını almıştım, ama neden Ezginin burada olduğunu anlamış değildim.

- "Ne oldu canım?" "Bir sorun yok değil mi?"

- "Gece erken çıkınca seni aradım, cevap vermeyince merak ettim canım" dedim.

- "Yok iyiyim canım, ben de yatacaktım şimdi", dedi Mert. Ortalığı gözden geçirdiğimde garip olan tek şey bu saatte benim burada olmamdı sadece. "Neyse seni gördüm ya, içim rahatladı, gidebilirim, taksi bekliyor aşağıda" dedim. "İstersen seni yolcu edeyim canım" dedi Mert. "Yok gerek yok canım hava soğuk zaten" dedim. Tam çıkacakken, "dur çantan koltuğun üzerinde kalmış, hayatım onu getireyim" dedi Mert. Tam arkasını dönmüştü ki, giydiği kazağın etiketini gördüm, tersti kazağı. Hiçbir renk vermeden vedalaştım, bana hem hala neden yemekte giydiğim kıyafetlerin üzerinde olduğunu sormamıştı, hem de ters giydiği kazağı midemi bulandırmıştı. *Dur şimdi anlarım ben*" dedim. Erkanın arabasına binip, on dakika bekleyebilir miyiz? dedim. Tabii ki dedi. Ezgi çıkmamıştı apartmandan. Tekrardan Ezgi'yi aradım yine cevap vermedi. İçimin rahat etmesi için, Mert'in yatak odasına bakmam gerekiyordu, Ezgi'nin arabası burada dururken kendimi hiç iyi hissedemiyordum. Tam bunları düşünürken, diğer bir apartmandan Ezgiyle Elanın çıktığını gördüm. Çok utanmıştım, Erkan görmeden gitmeliydik. "Tamam şimdi geri dönebiliriz" dedim, "peki" diyerek arabayı çalıştırdı.

Tam siteden çıkmıştık ki, Ela aradı Erkanı. Erkan şaşırdı, "efendim Ela", diyerek açtı telefonu. Bir arkadaşımlayım, ne oldu? diye sordu. "Eve gidiyorum ne oldu ki" diye tekrarladı konuşmasını, "hadi geç oldu yarın görüşürüz" diyerek kapattı telefonu, Erkan. Biraz gittikten sonra yukarıya doğru bir ara yola girdi. Sert bir fren yaparak, arabayı durdurdu.

- "Sen mi anlatırsın, yoksa ben mi sorayım? küçük hanım" diye sert bir şekilde bağırdı.

- "Nasıl yani?" diyebildim kekeleyerek. Bu arada Erkan'ın telefonu çalıyordu, sert bir şekilde telefonu alıp kapattı. "Bana anlatacak mısın" diyerek bağırmaya başladı, delirmiş gibiydi, ne yapmalıydım. Bir elim arkamda, arabanın kapısını açmaya çalışıyordum.

- "Peki konuşmayacaksan ben söyleyeyim o zaman, sayende bu yaştan sonra kart bir zampara oldum Elanın gözünde. Hem sen Elanın bu saatte burada, o gittiğimiz yerde olacağını nereden biliyordun, bir anlatır mısın?" diyerek bağırmaya başladı bana. Çok ciddi ve oldukça da sinirliydi. Ben nereden bilebilirdim ki, Elanın da o sitede yaşadığını.

- "Evet, hadi dinliyorum anlat, çok merak ediyorum hikayeni" dedi.

- "Şey, ben yolun karşısından geçerken" dememe kalmadan, "eee anlat hadi hadi ne uyduracaksın" diyerek alaycı bir şekilde konuşmaya başladı. Tepem atmıştı, kapıyı açıp, neye inanmak istiyorsan inan geri zekalı adam diye bağırarak indim arabasından.

- "Çattık be!" "Adama bak, deli mi, ne?"

Sert bir manevra yaparak çekti gitti. Neredeydim ki! Nasıl dönecektim şimdi, sahil yoluna doğru iniyordum, yolun kenarında onun beklediğini gördüm. Hiç bakmadan direk geçtim gittim olduğu yerden. Yavaş yavaş arkamdan doğru geliyordu.

- "Aptal, geri zekalı adam ben nereden bilebilirdim ki Ela'nın da burada yaşadığını. Hadi ben bilmiyorum, kendisi neden bilmiyordu hem. Kahretsin ya!" diyerek hıçkırarak ağlamaya başladım. Yazıklar olsun bana en samimi dostuma neler yakıştırmıştım. Hadi erkeklere fazla güvenim yoktu ama Ezgi'ye, hem de beni tek anlayan her zaman yanımda olan biricik dostuma bunu nasıl kondurabilirdim. Tam bir pisliksin Derya.. Pislik..

Erkan tam yanımda durdurmuştu arabayı, "ne var!" diyerek bağırdım.

- "Hadi sadece eve bırakayım seni, bu saatte araç bulamazsın" dedi.

- "Defol, sana kalmadı beni düşünmek!" dedim. Arabadan inerek kolumu tuttu, "hadi hem seni bu saatte bu kıyafetle bırakamam bin arabaya" dedim sana diyerek çekiştirdi. Başka bir şansım yoktu, binmek zorunda kaldım, kolunu iterek. Arka koltuğa oturdum, tam arabayı çalıştırdığı sırada "sen ağladın mı?" diye sordu, konuşmadım hiç. Peçete kutusunu uzattı arkaya doğru. Peçeteyi çıkartıp yüzümü silmeye başladım.

- "Tamam, çok sinirli bir şekilde sormuş olabilirim sorumu, özür dilerim" dedi. Ela, yanında bir bayan vardı. "O kadar mı bıkmıştın benden, kart zampara" deyince sinirime hakim olamadım. Bu zamana kadar çıktığım hiçbir bayan bana böyle sözler söylememişti.

- "Sadece merak ettim, nereye gittin?" diye. Şimdi anladım olayı, sanırım beyefendi bunu Ela görsün diye kasıtlı yaptığımı sanmıştı.

- "Bak bana beyefendi dedim, birincisi Ela ile problemin beni ilgilendirmiyor, onun sana ne dediği ya da ne demediği de umurumda bile değil. İkincisi de, diğer kız arkadaşını kıskandıracak kadar ucuz yapıda bir insan değilim. Hem kala kala sana mı kaldım", dedim.

- "Şunu kafanın içine iyi sok! Mert benim erkek arkadaşım, yani senin eski sevgilinin kuzeni. Anlatabildim sanırım. Bir daha da beni eve bıraktıktan sonra yoluma çıkmamanı öneriyorum. Yoksa elimden kötü bir kaza çıkacak", dedim. "Kim kimin yoluna çıkıyor acaba" diyerek, geveledi cümleleri ağzında. Duymamazlıktan geldim. Sitenin önüne gelmiştik. Arabanın kapısını açıp, "hadi şimdi, kaybol!" dedikten sonra, sert bir şekilde yüzüne kapıyı kapattım. Oh, be! Rahatladım, şimdi uyuyabilirim dedim. Ne geceydi ama ya..

***

Sabah abimin sesine uyandım, "kalk uykucu güzel bir yüzünü görelim" dedi. Haklıydı görüşemiyorduk. Beni yatakta akşamdan kalma bir vaziyette görünce şaşırdı, "ne bu hal" dedi.

- "Abi Ezgi bırakmadı, biraz geç kaldım uykum da vardı, üşendim" dedim.

- "Hımm, özel bir yemekti sanırım bu kadar süslendiğinize göre prenses" dedi.

Gülümsedim sadece, "biraz evet" dedim. "Hadi beraber yapalım kahvaltıyı" diyerek çıktı odamdan. Saate baktığımda on olduğunu gördüm, şaşırmıştım, abim mesaiye neden gitmemişti acaba diyerek düşündüm, hemen elimi yüzümü yıkayıp, üzerime bir şeyler giyerek indim aşağıya. Muhteşem bir kahvaltı sofrası vardı karşımda. Uzun zamandır böyle bir kahvaltı yapmamıştık abimle.

- "Ec anlat bakalım, ne zaman tanıştıracaksın bizi?" dedi.

- "Kiminle?" diye sordum, çünkü anlamamıştım soruyu.

- "Hani o arada sana ulaşamadığı zamanlar evi arayan, dün geceki o özel insan" dedi.

- "Okul bitince abi", deyince, suratını astı.

- "Uzun zamandır karışmıyorum hayatına, çünkü sen kendini bilen bir kızsın. Ama güzel prensesimin hayatına giren erkeği, abin olarak tanımak isterim" dedi.

- "Peki o zaman abicim bir akşam yemeği ayarlarız" dedim. Keyifli bir kahvaltıdan sonra, karşılıklı abi kardeş kahvelerimizi içtik. Bu arada unutmuştum, "abi, neden işe gitmedin?" diye sordum. "Nöbetçiydim, yeni geldim canım" dedi. "Ne dersin, bugün bir sergi açılışına gitmem gerek, benimle gezmek ister misin? bir planın yoksa eğer", diye sordu. "Senin gibi yakışıklıyla her yere giderim, bir onurdur" dedim, gülümseyerek. "O zaman ben çalışma odama gidiyorum, saat ikide burada buluşuruz", dedi. "Peki abi.." dedim. Biraz kitap okuduktan sonra, hazırlanmaya başladım. Abime yakışır giyinmeliydim, abim mutlaka takım giyerdi çünkü. Saçlarımıza biraz fön, biraz da yüzüme makyaj, işte bu ! Hazırım..

Gideceğimiz yer oldukça uzakmış, abime kimin sergisi olduğunu sorduğumda, hastanedeki arkadaşlarının hazırlamış olduğu bir sergi olduğunu öğrendim. Vay be! Sen, tıp fakültesini bitir, üstüne üstlük bir de sergi açacak kadar profesyonel resim yap, her yiğidin harcı değildi gerçekten de. Merak etmiştim, sergilenecek olan resimleri. Sergi açılışına yetişememiştik, ama girişteki organizasyonu görünce, olayın tahmin ettiğimden daha büyük çapta olduğunu anladım. Kameralar, canlı televizyon ekipleri vardı. Her yer kablo doluydu, basmamak için dikkatli yürümek gerekiyordu. Abimin koluna girip salona girişimizi yaptık, oldukça büyük bir salondu ve katılım da hafta içi olmasına rağmen oldukça fazlaydı.

- "Abi sizin doktorlar bu kadar ünlü mü?" diye sordum.

- "Neden sordun" diyerek gülümsedi.

- "Ne bileyim, bu kadar kalabalığı, bu kadar gazeteciyi bir arada görünce merak ettim" dedim.

- "Yok, en ünlüsü zaten senin koluna girdiğin adam" dedi. Gerçekten de öyleydi, abimin pek çok kez almış olduğu ödül bile vardı.

- "Bu gidişle dedikodu yapmaktan resimleri inceleyemeyeceğiz. En iyisi sen sergi sonundan, ben serginin başından başlayayım gezmeye" dedi.

- "Olur ağabeycim", diyerek serginin en sonuna gittim. Git git bitmiyordu, sanırım en az yüz eser vardı. Çoğunluk yağlı boya çalışmalarıydı, resimden o kadar anlamasam da gerçekten emek verilerek yapılmış oldukları kendini belli ediyordu. Çoğu imgesel çalışmaydı, tam benlikti. Kolay anlaşılabilirlikten çok, gizemin verdiği özü savunmuşumdur hep. Bu arada yan yana duran iki karakalem çalışması dikkatimi çekmişti. Birinde ters dönmüş bir kulak vardı, kalbin üzerinde. Diğerinde ise kalbin üzerinde duran bir kulak. Ne kadar güzel bir ifade ediş şeklidir bu. Abime gösterip, bunları almalıydım. Seçtiklerimi ayırttıktan sonra, diğer resimleri gezmeye devam ettim. Gerçekten her bir resim çok etkileyiciydi. İçlerin de en çok da benim seçtiklerim, fark edilir şekilde anlamlıydı. Tabii ki anlayana. Sondan başlamanın faydaları işte. Fazla kimse görmemişti sanırım. Yoksa çoktan birileri almış olabilirdi, buna eminim. Birkaç resim sonrası abimin bir resmi derin bir şekilde incelediğini gördüm. Abim;

- "Nasıl gidiyor, beğendiğin bir şeyler var mı içlerinde?" diye sordu.

- "Evet abicim, ayırttım, sen de beğenirsen almak isterim" dedim.

- "Elbette güzelim" dedi.

Ben başa doğru abim sona doğru devam ediyorduk. O sırada telefonum çaldı, içerisi fazla gürültülü olduğu için girişe doğru gittim. "Güzelim nasılsın?" diye güzel bir ses tonuyla konuşmuştu Mert. Dün gecenin vermiş olduğu mahcubiyetle, "iyiyim canım" diyebildim. "Okuldan kaçayım bir yerlere gider miyiz?" diye sordu. Abimle sergide olduğumuzu söyleyince üzüldü. "İstersen akşama bir sinema keyfi yapabiliriz" dedim. Çok sevindi. Telefonda yüksek ses tonuyla "oley.." deyişinden anlamıştım. İyi dersler diledikten sonra telefonu kapattım. O sırada abimin, seçtiğim resimlerin olduğu yerde olduğunu görünce heyecanla koşmaya başladım. Arkası bana dönük biriyle sohbet ediyordu. Abim beni görünce "gel prensesim" diyerek, beni yanına doğru çekti. İnanamıyordum karşısındaki Erkandı. Abim tanımamıştı sanırım, konuştuklarına göre.

- "Hastanemizin fahri hissedarlarından Erkan bey, bu da benim kız kardeşim Derya" dedi. İkimiz de yeni tanışmışçasına "memnun oldum" dedik. Oysa ki bu adamı burada görmek beni hiç de memnun etmemişti. Daha sonra "abi işte bak bu resimler, nasıl?" diye sordum. Abim, "biri satılmış ama" dedi. "Hayır nasıl olur, ben ayırttırdım ikisini de abi" dedim. Erkan müsaade isteyip gitti. İyi ki de gitti, şimdi burada, bir de onun gerginliğini çekemezdim. Abim görevliyi çağırıp, satın alan kişiyi sordu, görevli isim veremeyeceklerini belirtip özür diledi. Abim resmi yapan kişinin adını okudu. "Tamam ben sorarım Talat'a, kim almış diye, ama istersen aynısından yapar yine, nazım geçer kırmaz beni" dedi. "İkisi bir bütün olacaktı ne güzel, hem de kulağı ters dönmüşü, bana bırakmış kim aldıysa artık" dedim. Abim, "hadi bu da satılmadan, ben de iki tane seçtim ödemeyi yapayım" dedi.

Sergiden çıktığımızda saat bir hayli ilerlemişti. "Hadi bir yerlerde bir şeyler yiyelim" dedi. "Peki" dedim. "Yakınlarda çok güzel mantı yapan bir yer var, hadi orada yiyelim" dedi. "Tamam" diyerek mantıcının yolunu tuttuk. Çok acıkmış olacağız ki, ikimiz de hızlı bir şekilde yedik gelen mantıları. Arabaya bindikten sonra "abi beni Ezgilerde indirebilir misin, sinemaya gitmek istiyordum onunla uzun zamandır". "Tabii ki dedi", anlayışlı abim. Ama gerçekten de Ezgiyi de davet etmek istiyordum sinemaya, ancak belki o zaman rahatlardı vicdanım. Mert'e mesaj çektim, üç bilet al diye. Tahmin etmiş olacak ki, kim için, diye bile sormadı. Ezgi'yi aradım, çıkmış olmalıydı dersten, "neredesin canım?" dedim. "Eve geçiyorum Derya" dedi, "iyi o zaman bekle bende geliyorum yirmi dakikaya" dedim. "Arada bir böyle kaçamaklar yapalım" dedi abim. "Evet benim de hoşuma gitmişti, neden olmasın abicim.."

***

Ezginin zilini üçüncü kez çalışımdı, gelmemiş miydi? Aradım telefonu meşgule aldı, geldi galiba. Asansörün aşağıya indiğini görünce rahatladım, o geldi diye düşündüm. Evet asansör kata gelmişti.

- Çok beklettin mi? Canım.

- Hayır, ben de yeni geldim.

Beraber içeriye girdik,

- Acıkmış olmalısın bir şey isteyelim mi? yemen için.

- Yok canım, son ders arası bir şeyler atıştırmıştım, gerek yok.

Rengi iyi görünmüyordu.

- Hasta mısın sen?

- Yok, midem iyi değil bu aralar, sanırım mevsim dönüşünden. Kahve suyunu koyduktan sonra, ben üstümü değiştirip geliyorum, dedi.

"Kaynayan su ile kahvelerimizi hazırladım, iyi değilsen gitmek zorunda değiliz, başka bir zaman da gidebiliriz" diye seslendim. "Kahvemi içeyim, daha iyi olurum" diyerek geldi salona.

- Oh, eline sağlık güzelim kahve için.

- Ne demek afiyet olsun canım dedim.

Okulda hangi konuları işlediklerine dair koyu bir sohbete daldık, hocalarımızın dedikodusunu yaptık. Zamanın nasıl geçtiğini anlamış değildim. Her zaman dostlarla yapılan sohbet paha biçilemezdi. Hele ki Ezgiyle, dünkü pişmanlığımı ona yansıtmamaya çalışıyordum. Yüzüme her gülüşünde, daha bir yerin dibine giriyordum, böyle güzel bir insana dünkü durumu, nasıl yakıştırdığıma ben de inanamıyordum. Saatler nasıl geçmişti yanında anlayamamıştım. Gece dokuz seansına almıştı biletleri Mert. Sinemanın olduğu alışveriş merkezinde buluşma kararı aldık.

Biletler elinde sinemanın kafeteryasında oturuyordu Mert, yanına gidip dünü unutturmak istercesine yanağını öptüm.

- Canım hoş geldiniz, oturun daha on dakika var.

- "Hadi ben de mısırlarımızı alayım" diyerek kalktım oturduğum yerden.

Mısır kuyruğu kalabalıktı, mısır kokusu eşliğinde beklemek güzeldi ama. Tam salon girişlerimiz başladığı anda, zar zor yetiştim salona.

- Ezgi ağladın mı sen?

- Yok lavaboya gidip yüzümü yıkamıştım ondan öyle görünmüştür sana, dedi.

Mertle el ele tutuşarak yerimize oturduk. Mert'i ortamıza almıştım. Biz her şey den önce iyi birer dosttuk. Kıskançlık aramıza giremezdi. Film başlamıştı, komedi filmine gitmiştik. Hem de uzun zamandır gitmeyi zevkle beklediğim bir filmdi. Filmin başlamasıyla ara verilmesi bir anda olmuştu gibi geldi, inanılmaz komikti film. Gülmekten Mertle benim yanaklarımız ağrımıştı artık. Ezgi de iyi görünüyordu, filmde en çok güldüğümüz diyalogları konuşuyorduk, sinema arasında bile filmden kopmamıştık. Buna ihtiyacım vardı, iyi ki gelmiştik…

Sinema bitiminden sonra, hepimiz oldukça gevşemiştik, neredeyse ağızlarımızı tutamayacak seviyeye gelmiştik. Hala gülüyorduk.. "Hadi tatlı yiyelim" dedi Ezgi, "bu saatte mi, hem de sen" dedim. "Aman, hadi yiyelim" dedi. Süt tatlıları yapan bir mekanda oturduk. Filmin kritiğini yapıyorduk. Masaya tam oturmuştuk ki, karşıdan gelen Ela'yı gördüm. Gülümseyerek masamıza geldi.

- Merhaba gençlik, hayırdır hem de bu saatte, ne tatlısı diyerek takıldı bize.

Ayak üstü merhabalaştıktan sonra, Mert'im bir beş dakikanı alabilir miyim? diyerek Mert'i sürüklercesine masadan götürdü. Fırın sütlaçlarımız gelmişti, Ezgi bir iştahla yemeye başladı. Yemek de yememişti, tatlıyla geçiştirecekti galiba. Mert'in yüzü Ela ile konuşurken endişeli bir hal almıştı, umarım sorun yoktur. Dün geceyi hatırladım sonra, umarım beni görmemiştir, görse masamıza merhaba gençlik diyerek mi, gelirdi canım. Hem o görmüş olsa, Ezgi de görmüş olacaktı. Kendi kendime neler kurguluyorsam artık, Ezgi bitirmişti tatlısını. İsterse bana yardımcı olabileceğini söyledim. "Yok canım yeterli" dedi. Ela'nın gittiğini görmemiştim, Mert geldi masamıza. "Sorun yoktur umarım" dedim, "yok canım büyük teyzemizle ile ilgili konuştuk sadece", dedi. Mert'in kolu hala yarım alçılıydı. "Hadi tatlılarınızı yediyseniz gidelim, çok yoruldum bugün, gülmekten ama" dedi, tebessüm ederek. Saat yarım olmuştu, evet diyerek kalktık yerimizden. Ezgi, Mert'e; "binme taksiye seni de bırakayım" dedi, "gerek yok ters istikamet siz gidin, yarın görüşürüz" diyerek vedalaştık. Mert başka bir yere mi gidecekti acaba, hiç böyle bir tavır içine girmezdi. Ezgi ye aralarında sorun olup olmadığını sorduğumda, yok cevabını aldım. Araba bizim evin kapısına gelene kadar hiç konuşmadık, teşekkür ederim canım, iyi geceler dileyerek ayrıldık Ezgiyle. Bütün günün yorgunluğundan, en son yatağın üzerine kendimi attığımı hatırlıyorum..

***

Telefon sesine uyandım sabah, hem de uykumun en tatlı yerinde. Kimdi bu münasebetsiz, diyerek zor bela aldım telefonu çantadan. Alo dediğim anda kapanmıştı. Daha gözlerimi bile açamamıştım uykusuzluktan, saat kaçtı ki! Neyse, "hadi kalk" dedim, kendi kendime. Masa saatim dokuzu geçiyordu, demek ki sabahın körü değilmiş, ne kadar yorulmuşum, bedenim hiç kalkmak istemiyordu, sanki okula gidecektim. Biraz daha kestirmek için uzandım yatağıma. Sonra aklıma geldi, çalan telefondaki kimdi acaba, daha bakmamıştım bile kimin aradığına. Tanımadığım bir cep numarasıydı, kimse kimdi, arasın işte diyerek telefonu yanı başıma koyup, derin bir uykuya daldım. Bir saat sonra yine uyanmıştım, bu sefer kendimi daha iyi hissediyordum. Penceremden baktığımda, yağmur yağdığını gördüm, yatak keyfi yapmak isteyişim boşuna değilmiş. Yağmuru çok severim, böyle havalarda koltuğa uzanarak pencerenin karşısına geçip, yağan yağmuru izlemek inanılmaz huzur verir bana. Azıcık da pencereyi açıp toprak kokusu çekmek daha güzel olacaktı da, nerede öyle kokacak toprak. Her yer betonlaşmıştı. Çocukluğumda bahçeli bir evde oturuyorduk. Pek çok meyve ağacı vardı bahçemizde, ilk yağmurda çıkardık annemle dışarıya, ıslanmak hoşumuza giderdi. Mis gibi toprak kokusunu içimize çekerdik. O zamanlar babaannem de bizimle yaşardı, gülerdi halimize pencereden, "hasta olacaksınız girin içeri" derdi. Her yağmur öncesi, dizlerini ovuşturur "yağmur yağacak" derdi. Hiç unutmam o çocukluğumun en güzel yıllarını.

Ah keşke yine o yıllarıma dönebilseydim,

O masumiyetimi, annemi, babaannemi çok özlemiştim.

Büyüdükçe kirleniyordu insanın yüreği,

Temiz kalabilmek, masumiyetini koruyabilmek ne mümkündü bu
zaman da.

Her zaman teknolojinin en güzel değerlerimizi bitirip yok ettiğini düşünenlerdenim. Kızgınsan arkadaşına o zamanlar hemen ulaşabileceğin bir cep telefonu yoktu, ancak gördüğün zaman ya da ev telefonuna bakacak da, o zaman ulaşabiliyordun kızgın olduğun insana, o da evdeyse tabii. Saatler veya günler sonra görüştüğünde de, bütün sinirin geçmiş oluyordu zaten (☺).

Şimdi ne mümkün, kızgınsan arıyorsun eşini dostunu, pervasızca
sözleri sarf ediyorsun sevdiklerine bir anlık öfkeyle,

Sonra sarmaya çalışırsın açtığın yaraları. Kimi zaman da açtığın
yaranın sorumluluğunu alır bir ömür mutsuz bir şekilde yaşar gider-
sin.

Seviyordum natürelliği, doğallıktan yanaydım. Ne kıyafetlerin, ne de insanların gerçek yüzlerini kapatırcasına yaptıkları makyajdan hoşlanıyordum, aksine nefret ediyordum.

Ah yağmur, yağ yağmur, çocukluğuma götür beni,

Masumiyetimi en son kaybettiğim zamanlara..

Dokunabilir miydim yine, sever miydi beni acaba ?

Özledim, nerelerdesin? diye, sorar mıydı bana...?

Çok uzaklara götürmüştü beni yağmur. Çalan telefonla kendime geldim, beni uyandıran bir numaraydı. "Efendim" diyerek açtım telefonu, "alo Derya?" diyordu bir ses. "Buyurun, siz kimsiniz?" "Tanımadın mı ben, Erkan.." Şok olmuştum, münasebetsiz adamın beni aramasından. "Ne vardı?" diye sordum.

- Hani o sergide beğendiğin tablonun diğer eşi vardı ya,

- Eee ne olmuş ona!

- Onu iade ettiler tekrardan almak ister misiniz diye sormak istemiştim.

Adama bak ki, sanki tablonun sahibi kendisiymiş gibi, bir de soruyor almak ister misiniz? diye.

- Ne alaka şimdi dedim, tabloyu öğrenir sahibinden alırım ben, sen ne diye aradın ki beni.

- Tabloyu bir dostum benim için almış, açıkçası benim de hoşuma gitmedi. O gün de abinle konuşmanıza şahit oldum o yüzden sormak istedim, dedi.

Haklı olabilirdi de tablo daha bana bile gelmemişti, diğeri nasıl ona gidebilirdi ki, çünkü resimler sergi sonunda teslim edileceklerdi ve sergi hafta sonuna kadar açıktı. Hiç çaktırmadan, "iyi o zaman nerede buluşalım, almak istiyorum" dedim. Buluşacağımız AVM'yi söyledikten sonra kapattım telefonu. Hem sevgilisi başka kadınla gördü onu diye benim canıma oku, hem de benimle buluşmak için bahane uydur, ne alaka ya! Cidden dengesiz bu adam. Acaba, gerçekten de psikolojik sorunları mı vardı? Yazık, gencecik adam diye acıdım ona.

Buluşacağımız kafede merakla bekliyordum, ne uyduracaktı. Tam o sırada Elanın bana gülümseyerek geldiğini gördüm.

- "Merhaba Derya, merhaba" diye cevap verdim.

- Umarım şaşırtmamışımdır, Erkan sana verilmesi gereken bir emanetin olduğunu söyleyince ben de gelmek istedim. O da tabloyu unutmuş, tekrardan arabaya almaya gitti canım dedi.

- İyi yapmışsın Ela dedim..

Ciddi ciddi tablo ondaydı demek, acaba Ela mı hediye etmişti tabloyu ona, hayır olamazdı, çünkü Ela yoktu o gün galeride. Ve en ilginç olanı, Erkan gelirken neden Elayı da getirmişti, bir nevi gövde gösterisi mi yapıyordu yani şimdi bana. Hayret bir şey, sanki çok da meraklıydım onun sevgilisi olmaya, *"yok rahatsız bu adam"* diye düşünürken tam da göz hizamdan doğru bana gülümseyerek geliyordu.

- "Merhabalar Derya hanım" diyerek tokalaşınca, garipsemiştim, neler oluyordu? Ne bu ciddiyet, tabii canım Ela'nın yanında böyle olmalıydı. Ah, erkek milleti değil mi zaten. Neyse hiç pot kırmadım, tabloyu açmasını bekliyordum.

- "Buydu sanırım" dedi,

- Evet evet kalbin üzerin de kulak, çok sevinmiştim görünce.

- Ela; "isterseniz buluşmuşken, akşama bir plan yapalım. Hem sayende kuzenimle de görüşmüş oluruz" dedi.

- "Abimlere ayıp oldu kaç akşamdır, dışarıda yemek yiyorum, bu gece onlara sözüm var" dedim.

- "Peki, oldu o zaman, birer kahve içelim, olur" dedim.

Kahve siparişlerimizi verdikten sonra, Erkan'a borcumun ne kadar olduğunu sordum. O da borcumun olmadığını, "biricik sevgilisinin kuzeninin kız arkadaşına hediyem olsun", demez mi. Ya rabbim, tam dayaklık bu adam! Nasıl bir söyleme şeklidir bu. Masada su olsa kesin atardım, pişkin pişkin gülen suratına. "Hımm, öyle mi, çok teşekkür ederim o zaman" dedim, dişlerimi sıkarak. Ela ne olduğunu anlamamış olacak ki, sevgilisinin yaptığı jest karşısında oldukça keyifli görünüyordu. Sıcak kahvemden yudumladığım anda, telefonum çaldı. Arayan Mertti. Dışarıda olduğumu duyunca şaşırmıştı, neden geldiğim konusunda açıklama yaptıktan sonra daha da şaşırmıştı.

- "Nerdesiniz ben de geleyim dedim, çıkarız birazdan canım" dedim.

- Ela araya girdi; "Mert'se bekleriz gelmesini söyle canım" dedi.

Mert konuşulanları duymuştu, "hadi söyle canım nerede olduğunuzu geliyorum" dedi. Keyfi kaçmıştı Erkan'ın, az evvel keyifli bir şekilde sırıtan adam gitmişti. Bu durumu hoşuma gitmedi, değildi.

- Ela, "Mert gelmeden bir mağazaya uğramam gerek, siz oturun hemen geliyorum" dedi.

Korktuğum başıma gelmişti, bu adamla yeniden baş başa kalmak istemiyordum.

- "Tabloyu çok mu beğendin?" diye sordu Elanın arkasından.

- "Ne oldu az evvel ki resmiyetinize" dedim.

- "Bana göre hava hoş küçük hanım ben siz zarar görmeyesiniz diye öyle konuştum. Tamam Mert gelsin bak, nasıl konuşacağım görürsün" dedi.

- "Saçmalama" diye tersledim.

- "Hadi bu arada gözün aydın, sevgilinle barışmışsın" diye bir cümle çıktı ağzımdan, bana neyse artık, sanki tasası bana düştü.

- Evet çok mutluyum gördüğün gibi..

Aptal şey, ne yapmak istediğini anlamıştım, niyeti beni delirtmekti.

- "Senin de gözün aydın Mert söz yüzüğü takacakmış sana" dedi.

Şok olmuştum, Mertle hiç, böyle bir konuşmamız olmamıştı. Ama renk vermeden, "evet" diyebildim. Yüzü sinirden kızarmıştı, gözlerinin mavisi sinirden kırmızıya dönmüştü adeta. Hep sen mi benimle oynayacaksın, al işte sana oyun dedim içimden. O sırada elindeki kahve fincanı elinden düştü, ayağa kalktı bir anda. "Neyse bir şey olmadı" dedi kendi kendine, sanki ona soran olmuştu. Ama bir yandan da gözümün ucuyla ne olduğuna bakıyordum. "İstersen masayı değiştirelim" dedi, aynı anda tabloyu tuttuk, elleri sıcacıktı, kahretsin yine bir efsun yaptı bu adam bana, kalbim deli gibi atıyordu yine. Sanki az evvel, karşısında dalga geçtiğim adam yoktu. Onun da yüzü bir tuhaf oldu. İkimiz de şaşkın ördek gibi ne yapacağımızı bilemedik. Tutuyorsak aynı anda tutuyor, bırakıyorsak yine istemeden de olsa aynı anda bırakıyorduk. Nihayet tablo yere düştü ve uyandım rüyamdan. "Of, çek elini ben alırım" dedim sinirli bir şekilde. Ne olduğunu anlamakla meşguldü o hala, bakınıyordu sağa sola. Tam o sırada Ela geldi.

- Bir takım vardı geçenlerde arkadaşlarla gelip beğendiğim. Bedeni yoktu, ona baktım gelmiş mi diye", dedi.

Onu anlamamıştık, hala olan biteni çözmeye çalışıyorduk.

- Size ne oldu? Neden masa değiştirdiniz?

- Erkan, "kahvem döküldü, şanslıydım ki üzerime gelmedi, o yüzden değiştirdik masayı" dedi.

- "Aa canım yanmadın değil mi?" diyerek üstüne başına dokunuyordu Erkanın, Ela.

Aman eridi, bitti ne kuş akıllıydı bu Ela ya, adam başta söyledi değil mi? Üzerime dökülmedi diye, ne yanmasından bahsediyordu bu yarım akıllı. Allahım sabır ver bana bu delilerin içinde diye, dua ettim. Tam o sırada gözlerimi bir el kapattı, tabii ki de Mertti. Mert dedim, oysa ki Mert değil, Aylin'miş, eski evimizin oradan, site arkadaşımdı. "Canım benim" diyerek sarıldım,

- "Nasılsın? Görüşmeyeli çok uzun zaman oldu" dedi.

- "Evet canım, çok özlemişim seni" dedim. Masama bakarak "kimmiş bu Mert bakalım" dedi.

- Güldüm, "arkadaşım sadece, onu bekliyorduk da arkadaşlarla, o yüzden Mert adı çıktı birden ağzımdan kusura bakma canım" dedim.

- Neyse canım bizimkiler kapıya inmişlerdir, bir ara görüşelim tamam mı, konuşacak çok şeyimiz var dedi.

Yanaklarından öptükten sonra el sallayarak uğurladım, eski arkadaşımı. Ne kadar da serpilmişti, çocukluğuma veda eder gibiydim onu uğurlarken, gözlerim yaşla doldu bir anda.

- "Canım, kıyamam" dedi Ela, elindeki peçeteyi uzatarak. "Eski arkadaşlıklar başka değil mi?"

Aynen öyleydi, cevap verecek durum da değildim, sadece ağlayan gözlerle bakıyordum Ela'ya. Erkan durgunlaşmıştı, garip bir hali vardı. Yaramazlık yapmış küçük çocuk edasıyla oturuyordu. O sırada Mert geldi;

- Benim sevgili kim ağlattı bakayım? dedi. Ela gülüyordu, Erkan da tık yoktu. Gülerek;

- "Kimse canım" dedim. Beni özlemiş olacak ki, sıkı sıkı sarıldı, "kimseler üzemez seni ben varım canım. Ağlatanı da bana gönder yeterli" diyerek yerimize oturduk.

- Bensiz organizasyonlar, öyle mi, alacağınız olsun kuzen dedi.

- Yok ya! Gerçekten doğaçlama oldu, Erkan çağırdı, sonra bir sergi sırasında şahit olduğu bir olaydan dolayı da, tabloyu beğenen kişiye, yani sevgilinize beyefendi, iade etmeye karar verdi. Bu kadar net dedi, gülümseyerek.

- Bir daha bensiz sevgilimle öyle program falan yapmayın tamam mı? diyerek muzip bir şekilde güldü, Mert. Erkan nasılsın? diyerek, Mert havayı dağıtmaya çalıştı;

- İyiyim teşekkür ederim, sen nasılsın Mert diye sordu.

- Mert, "ee çifte nikah yaparız artık" deyince, Erkanın suratının rengi attı birden.

Benim ise keyfim yerine gelmişti, nasıl olsa ben evet demeden nikahım olamazdı. Ama Mert, Erkana güzel bir göz dağı vermişti. Oh canıma değsin. Ela da şaşırmıştı, "saçmalama Mert ne nikahı, pervasızca konuşma lütfen" diyerek uyardı.

- "Şaka yaptık ya! Ne diye büyütüyorsun ki. Gel biz istersen Sabriye teyzeme doğum günü hediyesi bakalım önce", diyerek kolundan çekiştirerek götürdü yanımızdan.

Keyiften dört köşe olmuştum, bana bulaşacak hali de kalmadı zaten. Vah vah çok üzüldüm, diyerek mırıldanıyordum. "Maşallah pekte meraklısınız küçük hanım nikaha" dedi, Erkan. Vay beyefendiye bak, kendi derdini unutmuş bana sarıyordu yine. Yok, öyle kolay akıllanacak birine benzemiyor bu!

- Elbette, her genç kız gibi ben de evlenmek isterim, bunun nesi ters dedim.

- Ters olan evlilik değil zaten, problem sende hanımefendi,

- Sana ne, onu da bırak benimle evlenecek insan düşünsün, sana mı düştü tasası?

- Aman, aman seni bu tipinle kimse de almazdı zaten, alıcı çıkmışken fazla da bekleme bak, yıldırım nikahı yap hemen, yazık bu adamı da kapmasınlar sonra.

Duracağı yoktu, yine dalacak yer arıyordu. Telefonumu elime alıp, hiç yokmuşçasına internette dolanıyordum. Baktım iyice sinir oluyor, "ben lavaboya gidiyorum, gelirlerse söylersin" diyerek kalktım masadan. Lavaboda saçımı başımı düzelttikten sonra, göz kalemim akmıştı, peçeteyi ıslatıp onu temizlemeye çalıştım. Tam lavabodan çıkmıştım ki, geriye doğru biri kolumu çekiyor, *"gel, sen bakayım buraya"* diyerek çekiştiriyordu Erkan, beni.

- Ne yapıyorsun, saçmalama, şimdi birileri görecek!

- Görürse görsünler be! Benim kimseye hesap borcum yok, kime ne! diye bağırmaya başladı.

Yangın merdivenlerinin olduğu sote yere getirdi beni, kimse yoktu. Beni duvara iterek;

- Bak kızım! Ben ne kimsenin oyuncusu olurum, ne de piyonu. Şunu aklından çıkartma, oyun, benim. O, oyunu sadece ben bozarım! Anlaşıldı mı şimdi! diyerek uzaklaştı.

Yüreğim ağzıma gelmişti, elim ayağım yine görevini unutmuş olacaktı ki, yere yığılacak gibi oldum. O sırada nefesim kesildi, hava almaya çalışıyordum ama alamıyordum. Yavaş yavaş yere doğru oturmaya çalışıyordum, ne olduğunu anlamış olacak ki, panik yaptı.

- "Ne oldu? Ne oldu diyorum sana" diye daha da fazla bağırmaya başladı. Omuzlarımdan tutmuş beni silkeliyordu. Bağırma sesi duyuyordum, uzaklardan. Kendine gel, kendine gel diye. Gözlerimin üzerine biri oturmuşçasına açmaya çabalasam da açılmıyordu gözlerim, sonra derin bir sessizlik, yüreğim susmuştu.

***

Gözlerimi açtığımda, bir hastane ya da otel odasında olduğumu anladım. Bir maske vardı burnumda, oksijen maskesi olmalıydı. Elim.. elimi biri tutuyordu, çekmek istedim o gücüm kalmamıştı. Başını yatağıma koymuştu bu adam. Mert'in başı değildi bu, yoksa diye.. daldım rüyalarıma.. Kaç saattir buradaydım bilmiyorum, bildiğim ve duyduğum tek şey, Erkan'ın en az bir saattir elimi tutup "özür dilerim meleğim" demesi oldu. Neler oluyordu, yine rüya mı görüyordum acaba. Mertle, Ela neredeydi? Yanımdaki Erkan'sa, meleği kimdi? Yorgun düşmüştüm, vücudumu hissedemiyordum bile, tek bildiğim; Erkanı görmek istemiyordum. Belki gider diye açmadım gözlerimi, ellerim ondaydı, ya yüreğim! yerinde duruyor muydu acaba? Yoksa o da ellerim gibi bana, ihanet mi edecekti. Yük oluyordu yüreğim artık bana, oksijen pompalama görevini unutmuş beni bir kabusa doğru sürüklüyordu. Ya bu yüreği söküp atmalıydım, yada bir başka diyarlara gitmeliydim. Ah yüreğim, hiçbir zaman bana bu kadar yük olmamıştın...

Güneş vuruyordu gözlerime, ne kadar da sıcaktı. Saat, saat kaçtı acaba, ya abimler, Mert.. Mert biliyor muydu burada olduğumu acaba. Yataktan kalktığımda diğer yan taraftaki perdeli yerden Erkanın çıktığını gördüm.

- Sakın, sakın dedim.. Gelme buraya, gelme, bak çığlık atarım.

- Sakin ol, güzelim, sakin, hiç merak etme sen, abinle Merte mesaj attım sorun yok, otur bi hadi konuşalım.

- Hayır dedim, seninle konuşacak bir nedenim ya da niçinim yok dedim.

- Bak hatalıydım senden binlerce kez özür dilerim, yalvarırım affet beni, ben de tanıyamıyorum kendimi, kafam çok karışık, çıldırmak üzereyim. Yalvarırım dinle beni diyerek ağlamaya başladı.

- Ne halin varsa gör! diyerek kalktım yataktan, ayaklarıma kapandı, çıplak ayağımın üzerine başını koymuş, özür diliyordu.

- Hayır, yapma bunu! Çekil ayağımın önünden, seni görmek istemiyorum. Yalvarırım nasıl girdiysen hayatıma, öylece çek git, yalvarıyorum sana dedim.

- Ellerimi tuttu, hayır bak! Ben böyle kaba birisi değilim, yemin ederim ki, karıncayı bile incitemem ben. Kıyamam sana ben, ne yaptıysan sen bana yaptın, gözümü açıyorum sen, kapatıyorum yine sen! Yalvarırım bana yardım et, yemin ederim seni üzmeyeceğim, saçının teline dahi zarar vermeyeceğim. Sen göster yolumu bana, sen ol öğretmenim. Ben bu dünyayı anlamam, dilini bilmem yalvarıyorum sana diyerek hıçkıra hıçkıra ağlamaya başladı.

Off, ne yapmalıydım, ya da ne yapmalıydık! Boşa kürek çekmeye çalışıyordu, yüreklerimiz. İstediği yere varamayınca isyan ediyordu, kurtar beni burada boğuluyorum dercesine, atım hızını arttırıyordu. Ve sonra, gözyaşlarıma can simidi misali tutunuyorduk beraber.

Hazırlanıp gitmem gerekiyordu, Erkan hala yerde oturuyordu. Koskoca adamın yere bir çocuk gibi diz çöküp ağlaması, daha da rahatsız etmişti beni. Yaşadıklarımızın, yaşanılmaması gerekiyordu. Nasıl olsa, görüşmeyince, bu duygularında yavaş yavaş, bizi terk edeceğine inanıyordum. Saksıdaki çiçek misali, ne suyunu verecektim, ne de güneşin onu görmesine izin verecektim ve o da terk edilmişliğe dayanamayarak solup gidecekti, bu kadar basitti. Düşündüğüm kadar mıydı? acaba! Hadi Derya! Aklına takıp, neyi başaramadın ki, hadi bunun da üstesinden geleceğiz diyordu, bir yerlerden iç sesim. Evet hadi şimdi, buradan ayrılma vakti yüreğim, toparlan gidiyoruz. Mağlup düşmüş, bir savaşçı misali terk ediyorduk odayı, hiçbir şey söylemeden, hiç sesini duymadan. Dayanamazdım, tutamazdım kendimi, hem de her şey bu kadar aşikarken.

Elim, ayağım, herkes yüreğimin bir yerinden tutunmuş gidiyorduk, bilmediğimiz sokaklardan, bizim mahallemize doğru.

Bir yeri terk ediyorken, ne kadar toparlanmaya çalışırsan çalış, ardında mutlaka bir şeyleri bırakıyordun olay mahallinde.

Geride kalan, ya aklın, ya da keşkeleriydi insanın. Telaffuzu zor, kifayetsiz bir hiçlik duygusuydu bu! Şimdi beni ne denizin suyu taşıyabilirdi, ne de kendim. Yabancıydım bu bozkıra, oysa adımlarım kendimeydi, evim aynı değildi artık, ocağım aş pişirmiyordu, söylemek lazımdı Zehra hanıma, şimdi şerbet kaynatma zamanı...

Neredeydim, nereye gidiyordum bilmiyordum. Her adımım, unutmam adına atılmıştı sanki. Geri dönüş yolum olmasın diye. Tanır mıydım acaba bu sokakları, göz yaşlarım iz bırakmış olabilir miydi, ama yüreğime?

Kafamda bir şeyler uğulduyordu, ve yüreğimin pes etmişliğinin iz düşümü vardı şimdi, bütün bedenimde. Kendine gelmesi için zamana ihtiyacı vardı, tek istediği sessizlikti şimdi. Bulduğum ilk bankta oturdum, nefesimi kontrol altında tutmaya çalışıyordum. Çalan telefonum, yaşamdan çalınan bir melodiydi şimdi kulaklarımda. Gökyüzüne dönmüştüm yüzümü, çok mu mutluydum şimdi, yoksa denizin yokluğundan mı sana kucak açmıştım. Ey gökyüzü; Söylesene şimdi, ben nasıl anlatabilirim yüreğime, şimdi bu aşk bitmeli! diye.. Telefonum ısrarla çalıyordu, arayan Ezgiydi, ona mı gitmeliydim, yoksa o mu bana gelmeliydi. Açtım telefonu, "Derya?" diye bir ses, Derya öldü mü demeliydim yoksa.. Sadece dinliyordum, "güzelim ses versene, bak çok merak ediyorum, nerdesin?" Kapatmıştım telefonu, çünkü anlamıyordum ne dediğini..

Taksiyle göz göze gelmiştim, gitmeliydim buralardan, yükümü boşaltmamış mıydım zaten. Nereye diye sorduğunda taksici, sadece onsuzluğa diyesim geldi, ama diyemedim. Sahile, gitmek istiyordum, denize yaşadıklarımı anlatmalıydım. Görmeliydi çaresizliğimi, benim benden ayrılışıma şahit olmalıydı. Evin oradaki cafeyi tarif ettim, yoksa benim adıma bir başka biri mi adresi söyledi bilmiyorum..

Uzun bir yolculuktan sonra tam önünde durmuştu, taksici. Ücretini ödedikten sonra, "ben geldim!" diyerek bağırmaya başladım sahilde. Ben geldim, bak! Ne çocuk ruhum kaldı, ne masumiyetim. İçimde kurutup beklettiklerimi, sana bırakmaya geldim, bak ağlamıyorum da, sadece al onları, benden uzaklara götür, götür ki, yakmasın yüreğimi yine, acıtmasın bedenimi. Savaş benim savaşım, ama ilk filizi sen vermiştin bana, işte bak! tam burada.. Kim bilir belki de, bahanesiydi gülüşü, gözlerinin mavisi.. Belki sen diye sevmiştim, bu kadar, o kıpırtı dalganı anımsattığındandır belki de. Sana daha söylenecek ne şarkılarım var, mikrofonum olmasa da, sen duyduklarını yine de kendine sakla. Güftesi çalınmıştı şimdi notalarımın, bir ezgidir şimdi yalnızlığım, bir sana gelebildiğim. Yıldız takmıştım yüreğime, bir gece geri vermeliyim, gökyüzüne. Her şey eski haline, dönsün diye.. Eve dönüş vakti gelmişti, kendimi bulmuşluğuma söyleyeceklerim bitmemişti, bir gece yine gelirim sana dedim, denize.. Ellerimi birbirine kenetleyerek söz verdim kendime, bir daha başka yüreğin, benim yüreğime davetsiz girmesine izin vermeyeceğim, diye.. Yolum uzundu, adımlarım evimeydi, ait olduğum yere.

Eve girdiğimde üşüdüğümü hissettim. Bir titreme aldı beni, odama gidip dinlenmeliydim. Mutfaktaydı Zehra hanım, geldiğimi duymadı bile. Usul adımlarla, uçarcasına çıkıyordum merdivenlerden. Odamın kapısını açtığımda, merhaba ben geldim dedim. Kollarını açmışçasına sıcacıktı, ana yüreği gibi. Aynada ki bana baktım, uzun bir süre, kaşıma gözüme, en çok da saçlarımı inceledim, belki düzelirlerdi, bir duştan sonra. Su değmeliydi insanın bedenine, arınmalıydı, kendi kendine ördüğü günahlarından. Kaç saat kaldığımı hatırlamıyorum suyun altında, ama yeni doğmuş gibi hissediyordum kendimi. Zehra hanımın, "çıktın mı? Saatler olsun güzel kızım", demesi ürküttü beni. "Benim, benim kusura bakma prensesim, korkma" dedi. Korkmak.. Korkmuş muydum acaba? Yoksa her anladığım sözden kirlendiğimi mi hissediyordum. Gülümsedim, odamdan çıktı. Evet yalnızlık iyi geliyordu bana, başkasını duymamak, anlamamak..

Saçlarımı kuruturken, okşadım onları, seni o kadar karıştırmayacağım artık diyerek özür diledim. Yine bir telefon sesi, ısrarla çalıyordu. Açtım telefonu, arayan abimdi, "Güzelim nerdesin? Ne yapıyorsun" diye sordu. Evde olduğumu söyledim, "bu gece beraberiz bak plan yapma bu gece" dedi. "Tamam.." diyerek kapattım telefonu. Özel bir gün müydü diye düşünmeye başladım. Özel bir gün olmasına gerek yoktu, haklıydı aslıyla neredeyse bu hafta hiç görüşememişti bile. Aslı şanslıydı, onu düşünen bir eşe sahipti. Bu zamana kadar hissetmediği anne ve baba sevgisi dahil ona bu duyguları yaşatabilecek bir erkeğe sahipti. Abim de şanslıydı, onu çok seven biriyle evlenmişti. Uzaktan öyle görüyordum, elbette hiç tanımadığı bir annenin ve babanın yerini hiçbir boşluk dolduramazdı Aslı için. Hiç yaşamadığı duyguları anlayabilir miydi acaba Aslı?

Hangi el onu anne yüreği gibi sarıp sarmalayabilirdi ki? Hangi hissettiği duyguyu, bu boşluğa yama yapabilmişti ki? Ben bile koca kız olmama rağmen hazmedememiştim, annemin yokluğunu daha kısa bir süre olmasına rağmen. Aslı bir ömür bu boşluğu nasıl doldurabilirdi ki! Babamı çok küçük yaşta kaybetmiştim, ama gerek abim gerekse amcalarım yokluğunu unutturmuşlardı bana. Kim bilir belki de bir köşede uyuyordu babasızlığım, kapıyı ben, hep kapalı tutuyordum dışarıya çıkmasın diye.

Kısa bir süre uyuduktan sonra, ayağa kalkmam gerektiğini düşündüm. Ait olduğum evimde yürüme isteği hissettim. Ayağa kalkıp odamın kapısını açtım, birden soğuk bir havanın yüzüme vurduğunu sandım. Adım atmaya devam et diyordum kendime. Yürümeye yeni başlamış bir çocuk edasıyla adımlarımı atıyordum, biraz yavaş, biraz ürkek. Son merdivende durdum, Zehra hanım garip bir şekilde neyi var ? bu kızın edasıyla bakıyordu. Onun bakışını bırakıp, sorun yok dedim sesli bir şekilde ona duyurarak. Gözlerim ayak ucumda salona doğru gidiyordum. Her adımım ait olduğum yeri keşifti aslında, kendime hatırlatmaydı, başka yerlere ait olma duygusu yaşamamam içindi. Her yeri adım adım gezdim, mutfağa gittim. Asıl bağımlılık yapan yere, evlerin olmazsa olmazına. Kimi zaman bir tatlı kokusuna, kimi zaman bir çorba kokusuna, en çokta bir yudum su içmek için sık sık kapısını araladığımız bir mekandı, mutfak. Mutfaklar bir evin kimliğiydi aslında, ekmeğin nasıl değer gördüğüyle alakalıydı. Bereketin simgesiydi, bin bir baharatın harmanlandığı, unla buluştuğu yerdi. Emeğin döküldüğü, bereketin merkeziydi..

Zehra hanım ardım sıra geliyordu, merakta bırakmıştım anlaşılan, dönüp arkamı bir ders için çalışma hazırlıyorum, merak etme Zehra abla dedim. İyiymiş, o zaman kızım diyerek kendi rahatlamasını dillendirdi bana. Evimizin emektarı Zehra abla, annemin sır yumağı, annemin mutfakta günlerce ekmeğin, nimetin değerini anlattığı yegane insan. Çocukluğumuzda saatlerce ders verirdi annem ekmeğin atılmaması gerektiğini, yenilecek kadar alınmasından yanaydı. Herkes yiyebileceği kadar yemeği yiyip, gerisini fakir fukarayla paylaşsaydı, dünya da açlık olmazdı derdi annem. Çokta haklıydı..

Saatler geçmişti, midemin guruldama sesi, dışarıdan bile duyulacak seviyeye gelmişti artık. Ocağın üzerinde ki yayla çorbasından bir kase koyup, mutfakta ki masanın üzerine koydum. Ekmek de ye kızım diyerek, tabağımın yanına getirdi Zehra abla. Ekmeğin yarısını bölüp, tekrar ekmek sepetine götürdüm. Bizim evde her gün en az üç çeşit yemek yapılırdı, hiçbir zaman ne yemekler, ne de ekmekler çöpe atıldı. Zehra ablam her akşam giderken, artan yemek ve ekmekleri toplar, yaşadığı mahallede ihtiyacı olan evlere götürürdü. Annemle yaptıkları görünmez bir anlaşmaydı bu.

Çorbamı içtikten sonra saate bakıp hazırlanmam gerektiğini hissettim, abimle yengem gelmek üzereydiler. Tam odama gideceğim sırada zil çaldı. Gelen Aslıydı, Aslı diyerek merdivenleri hızlı bir şekilde indim. "Neredesin sen bakalım evin cimcimesi" diyerek boynuma sarıldı. Özlemiştim gerçekten de, kısa bir sohbetten sonra "hadi güzelim hazırlanalım akşama abinlerin yemeğine gideceğiz" dedi. Ne yemeği diye sorduğumda resim sergisi açan arkadaşları ufak bir yemek tertiplemişler, hadi canım diyerek odalarımıza çıktık. O zaman şık giyinmeliydim. O sırada Mert aradı, "hangi cehennemdesin?" diye bir ses.

- Ya önce insan ne oldu diye bir meraklanır değil mi? Ne demek? Hangi cehennemdesin? Arama o zaman cehennemde ki beni, haklısın cehennemdeyim diyerek kapattım telefonu.

Süper yani bütün gecemi mahvedebilmişti, şimdi abime gelemem desem kesin büyük bir terbiyesizlik olurdu. Adama bak, sanki on kere aradı da ben bakmadım. Çok merak eden adam olsan, çoktan kapıma dikilmiş olman gerekirdi. Yok Mert gerçekten suyun ısındı, seninle dostluğumuz daha güzeldi, bu ne ya, off...

- Aslı, aşağıda bekliyorum canım abinle orada buluşacakmışız dedi.

Apar topar bir kıyafet seçip giyindim. Azıcık rujla yüzüme renk verdim, hazırdım artık. Merdivenleri inerken, hadi gül dedim kendi kendime. *"Bu dünya da en değerli sensin Derya, üzülme"* dedim, kendime. "Harika olmuşsun fıstık dedi" Aslı. Aslı da her zaman ki gibi bir kuğuyu andırıyordu, beyaz çok yakışıyordu ona. "Siz gecenin kraliçesi olmalısınız hanım efendi dedim", gülüştük. "Zehra hanım biz çıktık", diyerek seslendi, mutfaktaki Zehra hanıma.

- Umarım sıkıcı olmaz dedim, kesin hasta doktor muhabbetleri yapacaklar.

- Yok canım bu sefer konu sergi olacak, sanat kokacağız bu gece buram buram dedi, Aslı.

- O zaman oldukça güzel geçecek bu gece desene, dedim.

Kısa bir mesafeden sonra, gelmiştik yemek yiyeceğimiz restorana. Nezih bir mekandı. İçeriye girince, bütün gözler üzerimize çevrildi. "Evet", dedi abim, "gecemizin assolistleri de geldi", diyerek takıldı. Sanırım en son biz gelmiştik. Kısa bir tanışma merasiminden sonra abim yanındaki sandalyeleri işaret ederek, yanına gelmemizi istedi. Abim Aslıyla yan yana oturtmuştu bizi, yanında ki sandalye boştu, sanırım bizim dışımızda geciken bir davetli daha vardı. O sırada telefonum ısrarla çalıyordu, arayan Mert ti, tam telefonu mu sessize almaya çalışıyorken abim, "buyurun Erkan bey" dedi. Hangi Erkan, nasıl yani? diyerek başımı kaldırdım. Abim eşim Aslı diye tanıştırdığında Erkanın eli boşta kalmıştı. Aslı bir tuhaflaşmıştı, birine mi benzetmişti, ya da tanışıyorlar mıydı? Bu hissi bir kere daha yaşatmıştı Aslı bana. Evet, yanılmıyorsam, Erkanla ilk karşılaştığımızdaki zaman. Sessizce "memnun oldum" diyerek oturdu yerine eli ayağı titriyordu, abim sonradan benimle tanıştırdı. "Tanışmıştık küçük hanımla", diyerek nezaketen elimi öptü Erkan. Ben mi titriyordum, Aslı mı titriyordu farkında değildim. Tek bildiğim bir şey vardı, o da, ikimizin de tedirgin olduğu gerçeğiydi. Aslı masanın altında ellerini ovuşturuyordu, "iyi misin" diye sorduğumda buz gibi sesle, "evet" dedi. Beni tatmin etmemişti. "İstersen lavaboya gidelim" dedim, bana "sonra belki" dedi.

Erkan tam benim karşımda oturmuştu. Bu adamın ne işi vardı burada hala anlam verememiştim. Hep de hiç olmaması gereken yerlerde karşıma çıkıyordu. Sahte bir yüzü vardı bu gece farklıydı, sabah benimle konuşan, ayaklarıma kapanan adamdan bambaşkaydı. Gülüşü bile sahteydi bu gece. Karşımda abimle konuşurken bana sırıtıp duruyordu. Abimle hangi arada muhabbeti arttırmıştı acaba. Yok, bu adamdan korkulur, ne yapmaya çalıştığını anlayamıyordum. Abim sağ olsun, yengemden tutunda bana kadar bütün şeceremizi dökmüştü adama. Kimdi ki Erkan, ne sıfatla gelmişti buraya. Abime garip baktığımdan olacak.

- Erkan bey bizim hastanemizin sahibinin oğludur. Bu gece de sergi açılışında sponsor olması sebebi ile bulunmaktadır, Deryacım dedi.

Yuh, işler iyice karışmıştı, ne yani bu adam abimin çalıştığı hastanenin sahibinin oğlu muydu?. Ne garip bir tesadüftür bu böyle diye düşünürken, Aslı; "hadi lavaboya gidelim" dedi. Şaşkın bir ifade ile masadan kalktım, hala olanların hayal olabileceğini düşünüyordum. Aslı benden daha beterdi, lavaboya gittiğimizde yüzüne avucuyla su atıyordu devamlı. "Ne oldu?" diye sorduğumda "şekerim düştü galiba" cevabını verdi. Bir gariplik vardı ama anlayamamıştım. Ama Erkan üzerindeki tespitlerimi doğrular derecedeydi yaptıkları. Bu adam da ne vardı böyle çözemedim, karşısındaki her bayanı etki alanına alıyordu. Ben kendimi unutmuş, Aslıyı düşünüyordum artık.

- Hadi dönelim güzelim dedi.

Masamıza geçtik, abim siparişlerimizi vermemizi istedi, garsondan menü istedik, Erkan önünde ki menüyü bana uzattı, ne gereği varsa artık. Aslıyla bakıp bir şeyler sipariş ettikten sonra, benim tablolarını beğendiğim kişi abimle konuşuyordu, abim beni kendisine tanıtıyordu.

- Sizin gibi bir genç hanım efendinin en anlamlı tablolarımdan birini alması gerçekten benim için gurur verici oldu dedi.

- Ne demek, benim için şereftir dedim tokalaşarak.

- Bir diğerini de siz almıştınız değil mi Erkan bey deyince, benim beynim de fişekler atmıştı.

Yalancı adam, bir arkadaşı almışmış, bana hediye etmişmiş. Erkan benim karşımda bunları yaşayınca utandı elbette. Hayret utanabiliyormuş..

Yemekler gelinceye kadar telefonda vakit geçirmeye karar verdim, Mert'in üç adet daha cevapsız çağrısı vardı, görmemezlikten gelip gazete sayfalarını gezmeye başladım. Erkanın beni dikizleyen gözlerini görebiliyordum. Ne hale getirmişti beni dün gece, hayal meyal hatırlıyordum dün geceyi. Off hatırlamak dahi istemiyordum. Hayatımın en kötü gecelerinden biriydi. Sabah ki hali gözlerimin önüne gelince, oyunculuğunun çok iyi olduğunu kavrayabiliyordum. Oscarlık bir aktör gibiydi. Abimle sohbeti bitmiş olacak ki, Aslı'yı süzüyordu şimdi de. Yok kesinlikle yengemle tanışmıyordu. Etkilenmiş miydi acaba, aa doğru ama ölen kız kardeşine benziyordu yengem, anlamadığım bir konu vardı ki, Aslı neden onu her gördüğünde fenalaşıyordu, garip olan buydu!

Erkan yine gözlerini bana çevirmişti, ne var diyesim geldi birden, zor tuttum kendimi. Sonunda yemeklerimizde gelmişti, çok acıkmıştım, bütün gün içtiğim bir kase çorbaydı. Ekmek sepetini aynı an da almıştık Erkan da yüzündeki şirin ifadeyle "buyurun" diyerek jest yapmaya çalışıyordu, aklı sıra. Ekmeğini aldıktan sonra yemeğimi yemeye başladım. Yemek esnasında konuşmayı sevmezdim, abim de aynıydı. Aileden görme bir şeydi sanırım. Erkan yemek geldikten sonra aksine, abimle sohbeti daha da derinleştirmişti, abim de saygısından olsa gerek, söylediklerini kısa kelimelerle teyit ediyordu. Yemek yedikten sonra lavaboya gidip ellerimi yıkamak istedim, Aslı da gelmek istedi. Ben ellerimi yıkarken abinin yanındaki adamın adı, Erkan mı? diye sordu, evet Erkan dedim. Neden sormuştu acaba, ne oldu ki diye tekrardan sordum Aslı, "ya yok birine benzettim de o yüzden" dedi. Aa kızın günahını almışım gerçekten de birine benzetmiş. Bu aralar fazla ön yargılı olmuştum zaten.

Tam biz çıkarken, Erkan lavaboya gelmişti, karşımdan gelirken kalbim yeniden kanat çırpmaya başlamıştı. Beni süzüşü tiksindirmemişti, aksine hoşuma gitmişti benimle alakadar olması. Aslı bana o adamla ne zaman tanıştığımı sordu, ben de abime de söyler diye, ilk sergide tanıştığımızı söyledim.

- "Seninle ilgileniyor gibi geldi de" dedi.

- "Yok, sana öyle gelmiştir" dedim, geçiştirerek.

Heyecanlanmıştım, demek ki, Erkanın ilgisi Aslının da dikkatini çekmişti. Demek ki, benimle oyun oynamıyormuş, diye geçirdim içimden. Bu hoşuma gitmişti, çünkü kalbimi bu kadar titreten bir insanın benimle oyun oynadığı hissi hiç hoş olmazdı, gurur kırıcı olurdu. Mertle kararlıydım bütün duygusal ilişkimi keseceğtim. Sonradan ne yaşamam gerekirse yaşayacaktım. Kadere inan biriydim. Mertle sevgili olamıyorduk, aramızda sadece senelerin vermiş olduğu bir alışkanlık vardı. Ben tiyatroyu severdim, o sinemayı, ben kitap kurduydum o hiç sevmezdi kitap okumayı. Ve bunun gibi pek çok ayrıştığımız konu vardı. Ama çok güzel bir dosttu Mert. Bunu inkar edemezdim. Abim Aslıyı dansa davet etmişti. İkisi de birbirine çok yakışıyordu. Abim diye söylemiyorum, karizma bir erkekti, bir havası vardı. Erkanla masada baş başa kalmıştık. Gözleri gözlerime değdiği an da yine ürperdim, inanılmaz etkileyici bir insandı. Farkındaydım, gelgitleri çoktu. Belki de kız kardeşini kaybetmesinin acısından kaynaklanıyordu. Hayatta ne istediğini bilen bir insan değildi tanımış olduğum kadarıyla, hep uzak ve bir o kadar da imkansızlığı olan şeyleri istiyordu. Zoru istiyordu ama zora da gelemiyordu.

Bana o gece, Merte ve Elaya abimin geldiğini ve onunla gittiğimin, yalanını söylediğini anlattı. Ezgi de çok aradı o gece, "ben de müsait değilim diye senden mesaj atmak zorunda kaldım. Özür dilerim" dedi. Kurguyu güzel yapmıştı, hem iyi bir oyuncu hem de iyi bir senarist olabilirdi.

- "Bak dedim, dün geceyi ben sildim. Sabahki bütün konuşmalarımızı da unuttum, artık herkes yoluna" dedim.

- Ben seninle ne oyun oynamak istiyorum, ne de dostluk kurmak istemiyorum. Aramızda bir mesafe rica ediyorum oldukça uzak kalsın dedim.

- Ne yani, sen bütün bu ruhsal kasırgalarımın yalan mı olduğunu söylüyorsun bana, şaka yapıyor olmalısın. O geceki sahile indiğimiz günü hatırlasana, ne kadar mutluyduk, çocuklar gibiydik. O zaman sana bir soru, en son ne zaman kahkaha attın Derya?

- Bilmem dakika başı kahkaha atan insanlardan değilim zaten, çok da önemli değil.

- "O zaman en son kalbin ne zaman kıpır kıpır oldu" diye sorunca. Orada durdum, cevap veremedim.

- Bak sen de benim gibisin, benim yaşadıklarımı yaşadığına eminim.

- O zaman en güzel soruyu ben sorayım kendime dedim.

- Sor bakalım dedi.

- En son ne zaman sinir krizi geçirip şok oldun Derya?

- Dün gece ve beni ilk sinir kriziyle tanıştırdığın gece. Yani sen bana mutluluktan çok zarar veriyorsun Erkan dedim.

- Tamam garip bir şeyler yaşamış olabilirim, ama bu kesinlikle aşk değil.

- "Yemin et Derya, o zaman bunun aşk olmadığına" dediğinde afalladım.

- "Ne yemin etmesi, çocuk muyuz ya biz? saçmalama lütfen. Çocuk değiliz ama ancak doğruluğunu böyle anlayabilirim. Benim sana yalan borcum yok ki Erkan, uzatma istersen.

- Peki o zaman dost olalım, neden dost olmak istemiyorsun?

- Çünkü benim yeterince dostum var Erkan.

- Tamam pes ediyorum küçük hanım, bundan sonra ne dostunum ne de sevdiğin insanım tamam mı. Anlaştık mı!

Ben söyleyince etkilenmiyordum da, neden Erkan aynı sözleri tekrarladığında kalbim sıkışacakmış gibi oluyordu. O sırada abim işaret ederek beni çağırdı yanına, dans etmek istemişti.

- Nasıl geçiyor güzelim, sıkılmıyorsun değil mi?

- Güzel bir gece abicim.

- "Gördüğüm kadarıyla Erkan bey seninle oldukça fazla ilgileniyor, onunla ilgili düşüncelerin nedir" diye sordu.

- Tablolardan konuştuk abi, iyi birisi o kadar.

- Erkan bey oldukça tanınmış bir iş adamıdır, aslında yıllardır Amerika'daydı, orada daha tanınmış bir çevresi vardır. Ailesi zaten ülkemizin nadir ailelerinden biridir. Kardeşi öldü, bir sene olmamıştır sanırım. Öldü mü, intihar mı etti, ne işte, o yüzden temelli dönmek zorunda kaldı, ailesine destek olma maksadıyla. Gerçi anlatılanlara göre de erkek kardeşi de Erkanın tam tersiymiş, işle güçle ilgilenmeyen hovardanın tekiymiş. Daha bir günden bir güne magazine düşmüş bir ilişkisi olmamıştır, Erkan beyin.

Şok üstüne şok yaşamıştım. Hani kız kardeşi ölmüştü de Aslıya benziyordu, intihar mı? Hiç bahsetmedi, daha anlatmadığı neler vardı, acaba. Aslı gelince de masadan kalkmıştı. Erkan tahmin ettiğimden daha da tehlikeliydi, neden bana kız kardeşinin öldüğünü söylesin ki, mutlaka bir anlamı vardı bunların. Neyse ben Ezgi den, Elayı konuşturmasını isteyip öğrenebilirdim gerçek mevzuyu. Beynim uyuşmuştu, hayatım hiç bu kadar karışık olmamıştı, ben kendi halinde tek düze yaşayan bir insandım. Yüreğimin deli divane olduğu erkek, hiçbir nedeni yokken bana yalanlar söylüyordu. İçimde ki ses doğru söylemişti, *"uzak dur ondan Derya!"* Gözüm bir ara Aslıyla Erkanın aynı masada konuşuyor olmalarına takıldı. Hangi ara bir araya gelmişlerdi. *"Off, saçmalıyordum yine, kocasının patronu tabii ki konuşacaklardı"*. Aslıdan yana sorun yoktu, sorun Erkandı. Bana neden ölen kız kardeşinin Aslı'ya benzediğini söylemişti. Ve, evet evet revirde Aslı geldiğinde abimle beraber yarı baygın bir şekilde Aslı diye seslenmişti. Abim duymamıştı ama ben net bir şekilde Aslı dediğini duymuştum. Dur daha kurcalasam neler öğrenecektim acaba. Müziğin sona erdiğini bile anlamamıştım, abim elimi bırakarak "hadi güzelim" dedi. Masaya geldiğimizde gülüyorlardı Aslı ve Erkan.

Az evvel benimle o duygusal konuşmaları yapan adamın hemen aynı neşesini yakalamış olması ilginçti. Masaya oturduktan sonra üçü beraber sohbet etmeye başlamıştı. Ben cep telefonumla oynamaya karar vermiştim. Mert mesaj atmıştı "sana ihtiyacım var, ne olur?" diye mesaj atmıştı. *"Umarım yine bir delilik daha yapmamıştır"* diye düşündüm. Masadakilerden müsaade isteyip Mert'i aradım. Restoranın kapalı balkon kısmı vardı, kimse yoktu orada konuşuyordum, biraz sakinleştirdikten sonra, "yarına konuşuruz detayları tamam mı", diyerek gönlünü almaya çalışıyordum, sesi çok bezgindi. Üzülmüştüm, o sırada bir ses duydum Mert'in telefonundan kapı sesiydi, "kim var" diye sordum, "kimse" dedi.

- O ses, ne sesi, kapı sesi geldi az evvel telefonundan, televizyon açık belki de oradan gelmiştir dedi. G

üzel sözlerden sonra vedalaşarak kapattık telefonları. İyice paranoyak olmuştum. Yerime geldiğimde abimlerin kalkmak için hazırlandıklarını gördüm, isabet olmuştu, gitmeliydik buradan. Herkese iyi geceler dileklerimi sunduktan sonra arabamıza bindik. Abim de arabasıyla geldiği için Aslıyla beraber dönüyorduk biz. Aslı ısrarla abim gibi, Erkanla ilgili fikrimi merak ediyordu, devamlı benimle ilgilendiğini ima edip duruyordu. En sonunda Mert'i söylemek zorunda kaldım. "O zaman en kısa zamanda ailemizle tanıştırıyorsun güzelim" dedi. Abimin de haberi olduğunu söylemedim. Kırılırdı çünkü, ilk ona söylediğim için. Eve gider gitmez herkes odasına uyumaya çıktı. Kafam bulanıktı, ama bu gece düşünecek gücü kendimde bulamamıştım. Hemen uykuya daldım.

***

Hafta sonuna az bir zaman kalmıştı, Ezgiyle Mertle plan yapmalıydık. Üçümüz bir arada çok eğleniyorduk. Ya deli gibi luna parka takılıyorduk, ya da günü birliğine adalara gidiyorduk. Aslında tam ada havası, hem sakindir hem de en güzel olduğu zamanlar. Uyanır uyanmaz bunları düşündükten sonra ilk işim Merti aramak oldu. Cevap vermiyordu dersteydi sanırım, saate baktığımda ders saati olmadığını anladım. Neyse döner görünce diye düşündüm. Ezgi'yi aradım o da cevap vermedi. *"İşi vardır"* diyerek kafama takmadım. Uyanmamla bir saat içinde kendimi sahilde bulmuştum. Güneşin yüzünü son gösterdiği zamanlardı, bu güzel günü kaçıramazdım. Cep telefonumla güzel kareler yakalamıştım onları çekiyordum. Her zamanki geldiğim kafede de kahvemi içtim. Saate baktım ne Mert aramıştı, Ne de Ezgi dönmemişti. Telefonum çaldı o arada, tanıdığım kayıtlı bir numara değildi, "alo" diyerek açtım, Erkanın "alo" sesini duyar duymaz da kapattım telefonu. Bu adam anlamıştı, bana kasıtlı olarak yakınlık kurmaya çalışıyordu. Hiçbir şekilde görüşmemeliydim, hele de abimin bana anlattıklarından sonra. Mert'i tekrar aradım, nefes nefeseydi, "ne oldu diye sordum?" Koşu bandındaymış aradığımı da müzik açık olduğu için duymamış. Tam müziği kapatmış ben aramışım. Ona hafta sonu yapmak istediğim ada programını anlattım.

- Çok iyi gelir canım ikimize de dedi.

- "Ezgiyi de almak istiyorum ama" dediğimde bozulur gibi oldu ses tonu,

- "Ama ben seninle vakit geçirmek istiyorum sadece" dediğinde, bana kırgın olduğunu onun gönlünü almam gerektiğini söyleyince anlayış gösterdi,

- "Ama en çok benimle ilgileneceksin tamam mı" dedi.

- "Tamam görüşürüz" diyerek telefonu kapattım. On dakika sonra Ezgi döndü ona da anlattım, onun da hoşuna gitti başta hayır dese de onu da ikna etmeyi başarmıştım.

- "Bekle bizi yarın adalar, biz geliyoruz.." diyerek bağırdım denize doğru.

Aklıma takılan bir şey vardı, ne koşu bandı ya? Mert'in kolu alçıdaydı ki araba bile kullanamıyordu, neyse yanlış duydum sanırım diye düşündüm. Eve gittikten sonra zamanın nasıl geçtiğini anlamadım bile. Zehra ablanın temizlik günüydü, ben de yardım ettim spor niyetine, ben süpürdüm o sildi. Oh.. mis gibi olmuştu ev. Karşılıklı yorgunluk kahvemizi içtikten sonra odama duş almaya çıktım. Aşağıya indiğimde abimler gelmiş, masada oturuyorlardı. Zehra abla anlatmış olacak ki,

- Gel bakalım hamarat prensesim, ellerine sağlık diyordu abim.

- Canım kıyamam, ellerine sağlık güzelim dedi Aslı da.

Yemekten sonra çaylarımızı balkonda içmeye karar verdik, hava dingindi, havanın ayazı kırılmıştı. Ben bir bardak çay içtikten sonra televizyona bakma bahanesi ile içeriye girdim, hem bu sayede abimle Aslı da baş başa kalabilirdi. Gün boyu çalıştıkları için zaten görüşemiyorlardı. Gece yatmadan önce abime ada programımızdan bahsettim, ah keşke "vaktimiz olsa da biz de gelebilseydik" dedi. Kalmak için izin istediğim de, "biliyorsun hiçbir zaman izine ihtiyacın yok, sadece haberim olsun yeter" dedi. Abimi çok seviyordum, sonsuz bir güveni vardı bana. Ben de hiçbir zaman bu güvenini suistimal etmemiştim.

Heyecanla yatmıştım, yarını iple çekiyordum. Saat kaçta buluşacağımızı belirlemiştik. Herkes taksiyle gelecekti, arabayı rahat park edebileceği bir yer yoktu çünkü Ezgi'nin. Buluşma yerine yaklaştıkça hızla atmaya başlamıştı kalbim, bu kadarı da fazlaydı, neden hızlı atıyordu ki kalbim. Yoksa Merti mi özlemiştim. Bunlar güzel hareketler, diye düşünerek keyfini çıkarttım. Taksiden indikten sonra yolun karşı tarafına, üst geçitten geçerken, çocuklar gibi ayaklarımı havaya kaldırarak yürümeye çalışıyordum, iyice çocuklaşmıştım bugün. Beni Mert karşıladı, tam "hayatım" derken, Ezginin yanında Ela ve dolayısıyla Erkanı gördüm. "Of, Mert ne yaptın sen" dedim. Artık olay bitmişti, inanılmaz gerildim ona rağmen yine de gülümsemeye çalışıyordum. Erkanın, dünkü "yemekten erken kalktınız, umarım geceyi beğenmişsinizdir" cümlesi sabah sabah midemi bulandırmaya yetmişti. Ezgi dahil, hepsi benim söyleyeceklerimi duymak istiyordu. Mert araya girdi,

- "Nasıl yani? Siz dün aynı ortamda mı yemek yediniz? dedi Mert.

- Dinle canım, Erkan bey abimin çalıştığı hastanenin sahibinin oğluymuş. Ben de dün öğrendim. Abimlerin iş yemeğiydi, Erkan beyle o şekilde karşılaştık dedim.

Herkesin yüreğine soğuk su serpilmişti, ben hariç. Tam bir dangalaktı, acaba abimle sorunları vardı da benden mi acısını çıkartmaya çalışıyorlardı, anlamış değilim. Vapurun kalkış saati gelmişti, biz hariç on beş kişi var ya da yoktu. Kötü başlamıştık ama umarım güzelleşir, nasıl olsa adada bu kuş beyinliyi görmeye niyetim yok. Mert'in kolundan tutup, vapura bindim.

Ezgiyle garip bir şekilde göz göze geldik. Yanıma çağırdım, yanaklarından kocaman öptüm, "inan çok kötüydüm canım o gün sabah, inan hatırlamıyorum bile ne konuştuğumuzu, biliyorum endişelendin ama söz bir daha asla seni bundan sonra üzmeyeceğim" diyerek sarıldım, Mert bizi izliyordu. Ne konuştuğumuzu merak ediyordu galiba. Sonradan Ezgiyi de alıp vapuru gezmeye başladık.

- "Hadi martılara ekmek atalım" dedi, Mert de geldi yanıma,

- Canım hani bir tek benimle ilgilenecektin?

- Evet hayatım sen de benimle baş başa kalmayı çok istediğinden kuzenini de takmışsın peşimize, aşk olsun dedim.

- Canım seninle konuştuktan sonra büyük teyzem bizim sitede kahvaltıya çağırdılar o zaman ağzımdan kaçtı, o da işte biz de gelelim mi diye ısrar edince kıramadım.

- Haklısın, özür dilerim.

- Hem kolun alçılı senin nasıl bu vaziyette koşu bandında koşabiliyorsun?

- En yavaş tempoda canım, merak etme.

- Hem okulu asıyorsun beni bile aramıyorsun, ben aramasam haberim bile olmayacaktı yani.

O sırada martıların sesi yükselmişti, Erkanla Ela deli gibi ekmek atıyorlardı, martılara, Ezgi de orada daha fazla martı var diye oraya gitmişti. Elini omzuma atarak,

- "Hadi bizde atalım canım dedi.

- Sen at canım, ben biraz denizi seyredeceğim dedim.

Mis gibi deniz havası, ne güzel de gelmişti. Heybeli adaya çocukluk yıllarımdan itibaren sık sık gelirdik, yazı başka kışı başka güzeldir. Bana göre prens adalarının en güzelidir, çünkü diğerlerine nazaran daha sessizdir. Yeşilliği diğer adalardan daha fazladır. Yunanca eski adı *"Halki"*dir. Dört tane irili ufaklı tepesi vardır. Sahil yoluyla ister bisikletle, istersen faytonla adayı tur atabiliyordun ayrıca. Martıların sesleri kısılmıştı, ekmek atmayı bırakmışlar diye düşündüm. Ezgi ağzı kulaklarında, "harikaydı ya Derya, görmeliydin" dedi. "Gülerek dönüşte beraber atarız" dedim.

Sonunda adaya ayak basmıştık, hemen girişteki çay bahçesinde kahve keyfi yapalım dediler. Peki diyerek oturduk, ada sonbahar tablosu gibiydi. Renkten renge girmişti, pastel tonları büyüleyiciydi. Ağaçlar yaprağını dökmüş, yarı kel bir şekilde kalmışlardı. Tam fotoğraflıktı, gördüğüm manzaralar. Acaba karakolun karşısında ki pastane açık mıdır diye düşündüm, geçen yaz ne çok yemiştik, ponçiğini. Erkan önce otele gidip, fazlalıkları otelde bırakmayı önerdi. Mantıklı gelmişti herkese, Merte dönüp nereyi ayarladığını sordum, rezervasyon işini ona bırakmıştım. Erkan buradan beyler ve bayanlar diyerek yanına çağırdı hepimizi, sahile doğru iniyordu. Faytonların olduğu yere. Merte döndüm, rezervasyonu Erkan yaptı canım tanıdığı birinin butik oteli olduğunu söylemiş Ela'ya. O yüzden o ayarladı dedi. Oh ne ala! Ben de sevdiğim insan ayarlamıştır her şeyi diyordum, iyi ki Erkan var yoksa, kalmaya yer bulamayacakmışız. Çok sinirlenmiştim, Mert'in vurdum duymazlığına. Ezgi anlamış olacak ki, hadi gel, sonra tartışırsınız diyerek koluma girdi, beraber aşağıya indik. Ela ile Erkan faytona binmiş bizi bekliyorlardı. Ela garip bir şekilde beni süzüyordu, yada bana öyle geliyordu. Faytona bindik, bir on beş dakika sonra kalacağımız otele varmıştık. Adanın en güzel haliydi gerçekten de, hemen çıkıp gezmeliydim. Biz kızlar için bir oda erkekler için bir oda ayrılmıştı. Bence fark etmez dedim.Ezgi rahatsız oldu, ama sonunda o da onaylamak zorunda kaldı. Ne o öyle yatılı öğrenciler gibi komiğime gitmişti. Odaya gider gitmez, hem Ezgi hem de Ela ayna karşısına geçip makyajlarını tazelemeye başladılar. Biri dolabın aynasında, biri tuvaletin aynasında. Hallerine gülmüştüm, iyi ki öyle dertlerim yok diye düşünmüştüm.

Abimi arayıp ulaştığımızı haber verdim. Bana iyi eğlenceler dileyerek kapattı telefonu. Oda oldukça büyüktü, suit odadan bozmaydı sanki, yada bizim için öyle dekore edilmişti. Bir çift kişilik ve diğer oda da tek kişilik yatak vardı. Ben tek kişilikte yatarım diye düşündüm. Odanın kocaman bir balkonu vardı. Mis gibi sarıya boyanmıştı her yer..

Kızlar hazırlanmış, odadan çıkmıştık, erkekler çoktan inmişler bizi bekliyorlardı. Rehberimiz Erkan olmuştu, çokta yabancısıydık ya bizde, neyse dedim içimden, sesini çıkartma Derya. Hep beraber, bizi bekleyen faytona bindik, yürüseydik keşke diye geçirdim içimden, sizi yürünülecek daha güzel yerlere götüreceğim dedi, sanki beni duymuşçasına. Duymasının imkanı yoktu, çünkü içimden konuşmuştum. Ada da önce küçük bir tur attık, kuş cenneti gibi olmuştu ada, nerededeyse pek çok türü vardı. Sesleri inanılmaz huzur veriyordu. Denizin durgunluğu insanın içine işliyordu. Faytondan indikten sonra herkes çil yavrusu gibi dağılmıştı, fotoğraf çekmek bahanesiyle. Mert benim yanımdaydı, koluma girdi, güzel bayan size eşlik edebilir miyim diyerek. Memnuniyetle dedim. Mertin sağ eli alçıda olduğu için, fotoğraf çekemiyordu. Bende o yüzden manzara eşliğinde bolca fotoğrafını çektim. Her bir karesi çok güzeldi. Mertin kirpikleri uzundu, sarı olduğu için pek belli olmazdı, çektiğim fotoğraflardan birinde o kadar belirgin çıkmıştı ki, masum yüzü sonbahar hüznüne gölge düşürmüştü adeta. Okulda da Mert ismi çok olduğu için genelde arkadaşlar arasında sarı Mert diye seslenirlerdi, Mert'e. Ezgi'nin bir kenarda oturduğunu gördüm, midesini tutuyordu, "iyi misin canım?" diyerek yanına gittim. "Sanırım bu kadar temiz hava iyi gelmedi bir anda", diyerek gülümsedi. "Midem yanıyor canım sağol, iyiyim".

Erkanla Ela oldukça uzaklaşmışlardı bizden. Bu durum tam da istediğim gibiydi, o adamın yüzünü görüp muallakları yaşamak bana oldukça zor geliyordu. Bir an bir arkadaş oluyor, bir an dada dengesiz bir hal alabiliyordu kişiliği. Tutarsızdı, benden oldukça büyük olmasına rağmen, yaşına yakışır bir olgunluğu yoktu. Çoğu zaman Merte çocuk desem de bu, Mertten de çocukça davrabiliyordu. Anlamadığım şey neden Mertle, kıyasladığımdı. Sus dedim kendime, sus! Kendine gel!

Mert tek eliyle fotoğraf çekme çalışmaları yapıyordu. Bir ara köşede bir yerde bütün yaprakların toplanmış olduğunu gördüm. Yaprak yığınını andırıyordu adeta. Ezgi ye orada fotoğrafımı çekmesini rica ettim. Hafif bir şekilde yaprakların üzerine yattım, çek hadi dedim. O sırada Mert de geldi yanıma. Ezgi o arada yaprakların bir kısmını üzerimize attı, başladık yaprak oyununa. Çok zevkliydi, hem çocuklar gibi bağırıyor, hem de birbirimize kucak dolusu yaprak atıyorduk. Ela ile Erkan da katıldı küçük oyunumuza ilk başta Ela ya atıyor olsa da yaprakları, benim yüzüme doğru saçıyordu. O sırada ben çekildim oyundan onların fotoğrafını çekmeye başladım, en çokta Ezgiyle Mert'in. Birkaç karede Ela ve Erkan vardı, ayıp olmasın onlara diye. Erkan bu sefer Merte atmaya başlamıştı yaprakları. Mert tek eliyle atamadığı için yüzü gözü yaprak içinde kalıyordu, bu durumu sindiremedim. Tekrar bütün yaprakları kucaklayıp, Erkanın yüzüne atmaya başladım. İntikam, öyle mi! Peki o zaman başlayalım dedi, Erkan gülerek. Bizim küçük oyunumuz gittikçe ciddileşmeye başlamıştı, adeta savaş yaparcasına atıyorduk birbirimize yaprakları. Sadece Erkan ve ben vardım sanki, ben Erkandan kaçmaya çalışıyordum, o sırada ayağım kayarak sırt üstü yere düştüm, Erkan da arkamda olduğu için o da benim üzerime doğru düştü, Erkanın yüzü başımın yanındaydı, hiç kalkmak istemiyormuşçasına üzerimden kalkması hayli bir zaman aldı, bana olanlar olmuştu yine, kalbim yine kanatlanmıştı, dur durabilene aşk olsun. Mert koştu yanıma o sırada iyi misin canım diyerek. İyi olduğumu söyledim, üzerimi silkelerken. Elimim ayağımın titremesini fark etmemeleri için devamlı üzerimi silkeliyordum. Çünkü kuvvetli bir şekilde titriyordum. Gören sıtma nöbeti geçirdiğimi sanacaktı. Hadi yemek yiyelim dedi, Ela. Hep beraber sahilde ki balıkçılardan birine gittik. Yürüdükçe kendime zor gelebilmiştim. Masada karşım da Erkan vardı, o da durgunlaşmıştı, benim yaşadıklarımı o da yaşamış mıydı acaba diyerek düşündüm. Ezgi lavaboya gidelim mi dedi. Beraber gittik, sen iyi değilsin Ezgi dedim. İyiyim de midem bulanmaya başladı şimdide onu anlamadım dedi. Açlıktandır güzelim, yemeğini yersin bir şeyin kalmaz dedim. Annemin bana söylediği gibi. Yüzünü yıkadıktan sonra oturduk masamıza. Geldiğimizde Erkan adada ki çocukluk anılarını anlatıyordu, çook seneler öncesinden bahsediyor olmalıydı..

Yemeklerimizi yedikten sonra, Ezgi merak etme iyiyim dedi, ona baktığım sıra da. Anlamıştı onu merak ettiğimi, dostluk yıllar sonra kurulabilinecek bir bağdı. Bu bağ iki tarafında isteyerek kurduğu, saygı sevgi çerçevesinde ilerleyen güzel bir birliktelikti bir nevi. Yıllar sonra dostunla gözlerinle anlaşıyordun, karşılıklı birbirinizin kaprislerini çekiyordun. İnsanın her hali bir olmuyordu maalesef. Mutluluğun verdiği kalabalıkta, kötü anında bir tek dostu oluyordu insanın. Ezgi de benim için öyleydi. Dile kolay koca beş senemizi devirmiştik. O benim nelerden hoşlanmadığımı ben onun nelerden hoşlandığını biliyorduk artık. Mert aramıza sonradan katılmıştı. Hatta Ezginin eski görüştüğü erkek arkadaşı vesilesiyle tanışmıştık Mertle. Okul yıllarında da pekişmişti bu dostluğumuz. Mertin ilgisini ilk fark eden yine Ezgi olmuştu. Ben konduramamıştım. Çünkü Mert ikimizle de aynı şekilde alakadardı. Bir gece sürpriz bir yemek düzenlediği ana kadar öyleydi benim için. O gün Mertin beni yüreğine aldığını duymuştum. O zamana kadar dostluk dışında bir şey hissetmediğim insan bir an da, çevremde olmaya başlamıştı. Aslında hala bile farkımız yoktu, biz Mertle her şeyden önce çok güzel arkadaştık.

Aşkım dalmış yine derin düşüncülerine dediği sırada ayrıldım eski günlerden. Mert sol elini uzattı elimi tut dercesine. Erkanla göz göze geldik o sırada. Hızlı bir manevrayla hadi kalkalım artık dedi. Neden ki, çok mu dokunmuştu ona, Mertin benim elimi tutacak olması. Ona neler oluyorsa, sabahtan beri kendisi Elayla hep el ele, kol kola, ona bir şey diyen mi vardı, sanki diye düşündüm. Yemekten sonra herkesin üzerine bir ağırlık düşmüştü, yorulmuştuk sanırım. Odaya gidip dinlenmeyi teklif ettiler. Odaya gittiğimizde yatakları ayarladıktan sonra ben üzerimde ki kıyafetlerle beraber yatağıma uzandım. Ela Ezgiyle sohbet ediyordu. Son on gündür hayatıma giren Erkanın, nasıl duygusal bir fırtına yaşattığını düşünüyordum. Kalbim ürkekleşiyordu onun yanında, huzurlu da olmuyordu yüreğim o zamanlar. Her bir atışı, bütün vücuduma zarar veriyor gibiydi. Daha evvel yaşadığım duygular değildi bunlar. Elime her dokunduğunda, elektrik çarpması hissi veriyordu bana. Mertle aramızda hiç böyle bir elektriklenme olmamıştı. Mertle daha öpüşmemiştim bile, Mertin ilk çıkma teklifi ettiği zaman konuşmuştum onunla, benim farklı olduğumu ve evleninceye kadar elim hariç hiçbir yerime dokunamayacağını biliyordu. Hiçbir zaman da benden garip isteklerde bulunmamıştı. Mert bana saygı duyuyordu, dahası var mı? Yo ! Vermiş olduğu söze sahip çıkmış olması demek, bana sahip çıkması demekti. Asıl adamlık buydu ! Bir kadının teninden, elinden önce yüreğine dokunabilmek. Bu başka bir şeydi, bütün ilişkilerde olması gerekliydi bence. İnsanların birbirine duyduğu saygı benim gözümde, onu kaybetmemek istememesiyle eş değerdi.

Kısa bir uykudan sonra telefonun sesiyle uyandım. Arayan Mert ti, bahçeyi gezelim mi diye aramıştı, olur diyerek, üstüme montumu alıp çıktım odadan. Kızlar uyuyordu, sohbetleri uzun sürmüş olmalıydı. Lobi de buluştuk Mertle, bahçede ki kamelyaya geçtik. Birer çay isteyip görevliden, otelin mimarisini incelemeye başladık. Otel butik tarz da yapılmıştı, oldukça eski bir binaydı. Restorasyonu mükemmel denilecek kadar ince yapılmıştı. Aynı an da çok güzel dedik, karşımızda ki duran ağaca bakarak. Sadece en tepesinde bir tane yaprağı kalmıştı. Öyle güzel görünüyordu ki, uzun bir süre o ağaçla ilgili konuşmalar yaptık. Ben onu yalnız kalmış bir insana benzettim, Mertse fesat kötü bir insana. Bayılıyorduk, zihin paradigması yapmaya.

Çaylarımızı içmeye başlamıştık ki, diğerlerinin de geldiğini gördüm, önde Erkan ve Ela, arkadan Ezgi. Ezginin yüzü daha iyi görünüyordu. Akşam karanlığı çökmüştü iyice. Gece bahçe keyfi yapmaya karar verdik, akşam yemeğimizi de burada yiyecektik. Bahçede barbekü vardı, sanırım yemeklerimizi burada pişireceklerdi diye düşündüm, keşke kestane de olsaydı diye sesli bir şekilde düşündüm. Mert daha İstanbul da bile zor bulunuyor burada nasıl olacak ki dedi. Üzülmüştüm, oysa ne keyifli olurdu, ateş üzerinde kestane pişirmek. O sırada Erkan müsaade isteyip içeriye doğru yöneldi, bir elinde telefonla. Susmak bilmiyor telefonu dedi Ela, ardından.

Güzel bir akşam yemeği yedikten sonra, kahvelerimiz gelmişti. Çok güzel kokuyordu, farklı bir aroması vardı. O sırada otelin sahibi diye Erkanın bize tanıştırdığı orta yaşlarda Engin diye bir bey geldi masamıza. Bir isteğimiz olup, olmadığını sordu. Erkanla oldukça samimiydi. Müzmin bekar diye takılıyordu, Ela ya bakıp bu bir kızla ilk gelişi dedi. Ela haklı gururunu yaşıyordu, duyduklarının. Engin bey oteline, her zaman gelip evimiz gibi kullanabileceğimizi söyleyerek ayrıldı masamızdan. Çok içten biriydi, Erkana inat samimi bir imajı vardı. Erkan şımarık bir çocuk edasıyla gülüyordu. Düğününüzü burada yapsak ne güzel olur, sözü çıktı ağzımdan o sırada. Nasıl çıktığını anlamadım bile. Herkes bana bakıyordu, Ela atladı hemen ne güzel olurdu aslında diye. Erkan buz gibi bir suratla bana bakıyordu. Evet, Ela isterse neden olmasın dedi, sinir bir ses tonuyla. Bana ne diyordum içimden, ne diye saömalıyorsam artık nerede yapmak istiyorlarsa yapsınlar. O sırada Ela Erkanın ellerini tutarak yanağına öpücük kondurdu. Ne ayıp, hem de bizim yanımızda. Sinir olmuştum iyice. Erkanın, sonra bana söylemiş olduğu yalanları düşünerek onu düşünmemem gerektiğini hissettim. Ama bu his geçici bir histi, abimin anlattıkları sanki bir kulağımdan girmiş, diğerinden çıkmıştı. Yemeklerimiz yenildiği halde, ateşi tekrardan alevlendirdiler. Karşısında ısınıyorduk, çok iyi olmuştu. Daha sonra kocaman bir kapta bir sürü kestane getirdiler, hepsi de ortalarından bıçakla yarılmıştı. Adeta şok olacaktım, kalbim temizmiş, demek ne istesem olacaktı, diye düşündüm. Küçük bir çocuğa şeker verildiğinde ki sevinci yaşıyordum, karşımda oturan Erkan la göz göze geldik. Sanki o, benim sevincimden dolayı, sevinç duyuyordu. Öyle düşündüm sanki o bakışından. Mert şaşkın bir ifadeyle hayret demişti. Ezgi hadi başlayalım pişirmeye dedi. Erkan kestane pişirmede uzman olduğunu söyleyerek, barbekü nün yanına geçti, önce tek tek kestaneleri dizdi, alevi azalmıştı ateşin. Her kestaneyi koyuşunda benim elim yanmışçasına, of diyerek yüzümü buruşturuyordum. Ela o ara, sana ne oluyor Derya diyerek kahkaha atmaya başladı. Ay hiç güleceğim yoktu, Erkan diziyor kestaneleri, sen değil dedi. Erkanla tekrardan bakıştık, muzip bir tebessüm vardı, suratında. Utanmıştım, öyle bir şekilde yakalandığım için. O sırada Ezgi, derya çok hassas bir kızdır, o yüzden de empatisi oldukça yüksektir, o yüzden olsa gerek diye, beni kurtarmıştı düştüğüm durumdan. Canımsın dercesine, bir bakış attım ona. Midesi iyiydi sanırım, onun mutlu olması demek, benimde onunla mutlu olmam demekti.

Kestane ziyafetinden sonra, herkese uyku bastırmıştı, benim uykum yoktu. Herkes çıkacağı için ben de odaya çıktım. Kızlar hemen uyudular. Ben getirdiğim kitaba göz atıyordum, uykum gelsin diye. Ama gece içtiğim kahve uykumu kaçırmıştı, bir türlü uykuya dalamıyordum. Sonra Mert'e mesaj attım, uyuyor musun? diye. Cevap gelmemişti, ben de otelin çevresinde biraz gezintiye çıkmak istemiştim. Bahçeden ses geliyordu, sesin geldiği yöne doğru bakarken, otel sahibi Engin beyin ve Erkanın konuştuklarını gördüm. Tam o sırada Engin bey beni çağırdı, buyurun hanım efendi bir çayımızı için dedi. Kibar bir şekilde teşekkür edip otelin çevresini gezmek istediğimi söyledim. Kış ve havanın karanlık olmasından dolayı etrafın pek tekin olmayacağını söyledi, Engin bey. Tırsmıştım, o zaman bir çayınızı alayım dedim. Biz de aşıklar yolunun efsanesini konuşuyorduk. Nasıl yani, o yolun bir de efsanesi mi varmış dedim. Evet dedi ve anlatmaya başladı. Orada eskiden gelinler ata binermiş tek başına gelinlikleriyle beraber, o zamanlarda ata binmek bir genç kız için büyük hünermiş tabii ki. Geçmiş senelerden birinde yine bir gelin at üzerinde gidiyormuş, o sırada onu çok sevmiş ama ona verilmemesini hazmedememiş bir genç gen kızı orada atın üzerindeyken öldürmüş. Bir efsanedir yıllardır, dilden dile dolanmış anlatılır. Ne kadarı doğrudur bilinmez dedi. Tüylerim diken diken olmuştu. O yüzdendir ki genelde o yoldan gece geçenler bir ses duyduğunu söylerler. Çoğu insan bu sesin yukarıdaki büyük bayraktan geldiğini söylemiş olsalar da, kimileri inanmazmış, diyerek tamamladı anlattığı efsaneyi. Gerçekten de çok merak etmiştim orayı. Erkana baktığım a garip bir edayla bana baktığını gördüm, hiç istifini bozmamıştı, gözü dalmıştı bana doğru. O sırada Engin bey, kestaneleri beğendiniz mi küçük hanım dedi. Evet, gerçekten de çok güzellerdi, çok teşekkür ederiz dedim. Engin bey o kestaneleri Erkan beyin, akşam üstü apar topar İstanbul dan getirttiğini belirtip, ona teşekkür etmemi istemişti. Kalbim yine besisini lalmış bir atlı gibi koşturmaya başlamıştı. Titrek bir ses tonuyla teşekkür ettim Erkana. O da teşekkürlük bir durum olmadığını, ayrıca sayem de güzel bir anı yaşadığımızı söyledi. Bakmayın siz Erkanın kestane pişirdiğine, Erkan yumurta dahi pişiremez baksanıza bütün parmak uçlarını yakmış. Yanık kremi sormaya gelmişti bana. Parmak uçlarına baktığımda Erkanın içim cız etmişti. O zaman anlamıştım ben zaten acı çektiğini, kim bilir ne çok canı yanıyordur şimdi bile. Bütün bunları sırf benim için yaptığına eminim, ama üzülüyordum onun bu haline. Gündüz gördüğüm Erkan daha güçlüydü. Şimdi adeta kendini bırakmış aciz bir Erkan vardı şimdi karşımda. İçim buruk olmuştu, ürkek bir kuş misali bana bakıyordu sadece, Engin bey anlamış olacak ki iyi geceler dileyerek ayrıldı yanımızdan. Baş başa kalmıştık Erkanla.

Ben de onun gibi ona doğru bakıyordum, bakalım ilk kim konuşacaktı. Çok masum bir güzelliğin var diyerek mırıldandı. Duymamazlıktan gelip, devamını getirmesini bekledim. Yüreğimin nereye kadar koşacağını merak etmiştim. Sadece bakıyorduk birbirimize, ben bir ara gökyüzüne baktım, yıldızlar parlıyordu gökyüzünde. Işıl ışıldı her yer. Tekrar Erkanın gözlerine baktığımda bir yıldızında onun gözlerinin içinde parladığını gördüm. Hayır diye telkin ediyordum kendi kendimi içimden, ama bir yanım saatlerce onunla burada kalmak istiyordu. Ne zaman vardı, ne mekan her şey kaybolmuştu. Sanki ikimiz gelmiştik sadece buraya. Gözlerinden düşen göz yaşını silmek istedim ellerimle, yüzüne dokunup bunların hepsi bak geçecek ağlama demek istedim. Ama yapamadım, kendimde o cesareti bulamadım. Lobiye koşar adım giderken, arkamdan sarıldı yine, gitme dercesine, dizlerimin bağı çözülmüştü yine. Yapma diyerek kollarını çözmeye çalışıyordum. Sensiz ne sabahım ne gecem, ne de günlerim geçmiyor diyordu. Her an her saniye aklımdasın, yalvarıyorum beni sadece dinle diyerek hıçkırarak ağlamaya başladı. Mantığım devre dışıydı, saatlerce bir odada onu dinlemek isterdim. Ellerimi tutup beni bilmediğim bir odaya getirdi. Koltuğa oturtup, dizlerinin üstüne eğildi, sadece dinle, diyordu. Gözlerimin yaşından net olarak göremiyordum Erkanı, ama ellerini hissetmek bile oldukça etkileyiciydi. Bak, sadece gözlerime bak diyordu, 32 yaşımdayım, görmediğim ülke kalmadı, ruhsal pek çok acı yaşadım, ama bunun kadar yakıcısını yemin ederim ne duydum ne yaşadım. Ne olduysa o sahilde oldu her şey, beraber şarkı söylediğimiz gece, yalvarıyorum bana bir şans ver diyordu. Tamam sevgilim olma, ama dostun olmama müsaade et. Yalvarırım ben seni her gün, her an görmek istiyorum. Yoksa ben Ela dan çoktan ayrıldım. Sırf Mertin kuzeni seninle görüşmek adına barıştım yeniden. Yemin ederim, benim Ela ya karşı hiçbir beslediğim duygu yok dedi. Söyledikleri karşısında içim eriyordu, ne yapmam gerektiğini bilmiyordum. Yüreğim esir almıştı bütün vücudumu. Sanki bir başka alemdeydim, hep aynı dönemeçte takılıyordum, geçemiyordum bir türlü burayı. Yüreğim geçit vermiyordu bir türlü. Nasıl bir duygudur bu Allahım, sen bana yardım et yalvarırım diye dua ediyordum içimden. Yüreğime sözüm geçmiyordu, aklım firardaydı, bir başka sarhoşluk vardı üzerimde. Ben kalkmaya çalıştıkça, o engel oluyordu. Ya hangi yürek dayanabilir di ki, bunca ızdıraba. Dokunsam yanacakmışım gibi geliyordu, uzak kalsam, keşkelerimin arasında boğulma hissi. Nasıl bir dar boğazdır bu.

Ne vazgeçebilirdim, ne de yol verip, git diyebilirdim. Peki Erkan dedim, kendimi toparlayıp. Seninle dost olabiliriz, ötesi yok, ama. Bunu bir kenara yaz, bir dostla neler yapılabiliyorsa, ancak o kadarını paylaşabilirim seninle. Fazlası seni de beni de, aşar. Gözlerinin içindeki parıltının tarifi imkansızdı, boşuna yıldız düşmüş gözlerine demiyordum. Sevinçle kalktı olduğu yerden beni boğacakmış gibi sıkı sıkıya sarıldı. Dur boğuluyorum dememe fırsat vermeden, ellerimi tutup, hoş geldin dünyama; Dostum dedi. Bir dostum kelimesi, bin dostum dercesine dökülüyordu dudaklarından. Ya dost kalmayı beceremezsek? Kendime o kadar güvenebiliyor muydum acaba? Ya yetmezse dostluğu, aç gözlülüğüm tutup daha, daha fazlası dersem. O zaman ne olacaktı! Düşündüklerimi, anlamışçasına, merak etme her zaman sıkı bir dostun olacağım. Sana söz asla ve asla yetinmeyi öğreneceğim dedi. Ya ben, yetinemezsem diyerek, düşündüm,…

Kimse uyanmadan odalarımıza çıkmalıydık, iyi geceler dileyip odama gittim. İçim içime sığmıyordu, sanki okulda ki ilk karne heyecanını yaşadığım ana geri dönmüştüm. Yüreğim diyordum, yüreğim, hadi yolun açık olsun. Bir an önce sabah olmasını diliyordum, derin hayaller kurmaya başlamıştım, sevgiye, güvene dair..

Sabahın ilk ışıklarıyla uyanmıştım, çok az uyumama rağmen yine ilk uyanan ben olmuştum. Bu güzel havayı kaçırmamam gerektiğini düşünüp, sabah yürüyüşü için hazırlanmaya başladım. Güzel bir şeyler giyinmeliydim, dur saçımı da düzelteyim. Evet, şimdi çıkabilirim diyerek odadan sessizce çıktım. Tahmin ettiğim üzere ilk lobiye inen Erkan olmuştu. Günaydın diyerek gülümsedi. İnanılmaz bir enerji veriyordu, ses tonu. Rahatlatıcı, sevgi dolu..Günaydın Erkan dedim. Daha da mutlu olduğunu hissettim o an da. Beraber yürüyüş yapalım mı diye sorduğunda, evet kelimesi çoktan çıkmıştı bile dudaklarımdan. Ellerimiz ceplerimizde ayaklarımızla önümüzde ki yaprakları savurarak yürüyorduk, hava bugün daha güzeldi. Gece iyi uyuyabildin mi? diye sorduğunda aynı soruyu ben ona sormaya hazırlanıyordum. Gülerek, evet güzeldi dedi. Ya sen diye sorduğumda, evet ben de, sanki bir rüya aleminde gibiydim dedi. Ne garipti benim hissettiklerimin aynısını hissetmesi. Bu bir tesadüf olamazdı. Kelimesi kelimesine, aynı duygulardı dün gece yatağımda hissettiklerim. Yeni tanışmış iki çekingen arkadaş edasıyla yürüyorduk, her adım daha bir huzur vericiydi, daha anlamlıydı. Dün bu yolları arşınlamamış gibiydim, yeni tanışıyorduk bu yapraklarla…

Kısa bir yürüyüşten sonra istemesek de geri dönme kararı aldık. Dönüş yolunda sadece yürüdük, ne o, nede ben hiç konuşmadık. Bir müzik vardı sanki kulaklarımda, ezgisi ben tarafından çalınan, yüreğimin ritmi eşliğinde. Erkan ve ben birer notaydık sanki, güfteyi anlamlandıran. Hiç müzikle ilgim olmamasına rağmen, bu derece yüreğimi müzikle ilişik tutmam ilginç gelmişti bana. Acaba daha ne cevherlerim çıkacaktı ortaya. Yüreğim dingindi bugün, kıpırtılı bir o kadar da huzur doluydu. Otele yaklaştıkça, geri geri gidiyordu adımlarım. Büyünün bozulmasını, müziğin bitmesini hiç istemiyordum. Sonradan Erkanın yüzüne bakıp, o hangi müziği dinliyor acaba diye düşündüm…

Hala uyanmamıştı bizimkiler, gel bahçe de birer kahve içelim istersen dedi. Tamam diyerek onu izledi adımlarım. Dört kişilik masada karşılıklı oturmuştuk. Ellerimi ovuşturuyordum, üşümüyordum, heyecandan olsa gerek titriyordum. Ezginin günaydın..diye bağırmasıyla arkamı döndüm. Günaydın canım dedim. Bu ne erkencilik, uykuyu severdin sen, temiz hava yaramadı sanırım diyerek takıldı bana. Sanırım dedim. O sırada Erkanın gülüşünü yakaladım. Elayla Mertte gelmişti, artık kahvaltı yapabilirdik. Sabah sohbetinden sonra, bizim için hazırlanmış olan kahvaltı masasına oturduk. Mertin gelip günaydın derken yüzümü öpmesi, Erkanı üzmüştü, hemen yüzü bozulmuştu. Bu sabah gördüğüm o mutlu, huzurlu ifadesi kalmamıştı yüzünde. Çok ilginçti, Mert hiç olmadığı kadar alakadar davranıyordu bu sabah, yumurtamı soyuyor, peynir tabağından ben istemeden kendine göre peynir çeşitleri koyuyordu tabağıma. Erkanın gözü Mertin tabağıma koyduğu peynirlerdeydi. Garip hissettim, sanki suç işliyor gibi hissettim Erkana karşı. Oysa ki Mert çıktığım kişi, Erkan ise yeni dostumdu. Duygularımla kişiler arasında ters bir orantı vardı sanırım.

Kahvaltı masasında fazla kalmak istemedim, doydum diyerek kalktım masadan. Bahçede ki çiçekleri inceliyordum. Kış olduğu için, sardunya görünümlü yapma çiçek koymuşlardı bahçeye. Rengarenk çok güzel görünüyorlardı. Bugün her şey daha bir güzelleşmişti gözümde. Daha bir canlıydı her renk, hazan mevsiminin sarı yaprağı hiç altın gibi parlıyor hissi uyandırdı mı sizde? İşte aynen öyle görüyordum etrafımda ki her rengi. Saat neredeyse öğlen oluyordu, çantalarımızı yavaş yavaş hazırlayalım dediler. Odamıza çıkıp çantaları hazırlamaya başladık. Bir gece kaldığımız için benim öyle fazla öte berim yoktu. İlk lobiye inen her zaman ki gibi Erkan ve bendim. Gülüşü parlayan bir güneş gibi yine karşımdaydı, bir insana gülmek bu kadar yakışabilirdi ancak. Sanki güneşim olmuştu, geçirdiğim kasvetli günlere inat, ya da gönlümü almaya çalışıyordu, bir o kadar sıcak ve samimi bir şekilde. Adı, dosttu onun artık, ne yolu, ne de adresi belli olmayan..

Fayton gezimizi uzatmıştık bu sefer, son kez gezercesine, içimize işlemesine karar vermiştik. Herkes gözlemleyecek, daha sonra vapurda gördüklerini anlatacaktı, güzel bir oyundu kurgusu ben tarafından yazılan. İtiraz eden olmamıştı, bu sayede kimin daha çok zevk aldığı ortaya çıkmış olacaktı. Gözlemleri merak ediyordum, en çokta Erkanın ne düşündüklerini..

Vapurla dönüş yoluna geçmiştik, Ezgiden başladım, Ezgi; İçimi burktu, hazanı sevemedim bi türlü zaten dedi, ayrılığı resmetti bana dedi. Bu kadar mı dediğimde, daha fazlası beni aşar dedi gülümseyerek. Ela ya gelmişti sıra, ne bileyim, güzel bir geziydi, fazla kalmasak da, tekrar gelinilebilinecek yer olarak düşünüyorum dedi. Sıra Mert deydi, sevdiklerimle gelince her zamankinden daha da zevkliydi elbette, evet ben de Ela gibi düşünüyorum, tekrar böyle kaçamak yapabiliriz, dedi. Sıra Erkan daydı. Şöyle bir adaya bakıp, benim için yeni bir doğuş, yeni bir arınma gibiydi. Bilmediğim bir yolda yıldızları döktü sanki ayağıma gökyüzü. Öyle parlaktı ki, yolumu mu aydınlatmıştı, başka bir yol mu açmıştı, arafta kaldım, anlayamadım dedi. Sıra bendeydi, her bir yaprağı bana dökülen gözyaşlarını anımsattı, sarının güzel ışıltısını, gözyaşının masumiyetini hatırlattı bana. Ne güneşin göz kamaştırıcılığına aldanmıştım burada, ne de yıldızların parlak olanına. Yüreğime aldandım, her atımı bana yol alan… Alkışlar sonunda, gelen iltifatları alıyordum, sen şair olmalıymışsın dediler. Mert garip bir şekilde bakıp, nasıl çağrıştırdı bunları sana bu ada diye, bir bakış attı bana. Erkan çok mutluydu, gülümsüyordu yüzü. Gözlerimi kaçırırken, Ezgi ye yakalanmıştım. Sadece gülümsedi, Ela fazla ilgilenmeye başlamıştı benimle, bir gün büyük teyzem oturuyor Mertin oturduğu sitede seni tanıştırmak isterim dedi, Erkanın yanında. Mert böyle bir şey teklif etmemişken Elanın bu teklifi sunması çok saçma gelmişti. Mert araya girdi, Ela hayırdır, Derya yı mı isteteceksin teyzeme diye espriye bağlamaya çalışmıştı. Gülen bir tek kendisiydi. Ela bozulmuştu ama. Mert, Derya ya söz verdim, ne zaman isterse her şeyi o zaman resmiyete dökeceğiz diye, şimdi desin şimdi gider isteriz dedi. Ben tebessüm edebildim sadece, tabii canım dedi Ela, ben sadece tanıştırmak istemiştim, hem aileni tanımış olur dedi. Erkan Elanın koluna girip konuşmayı uzatmasını engellemek için ortamdan uzaklaştırmak istedi. Ela, Erkanın kolunu ittirdi, konuşuyorum Erkan, seni rahatsız eden ne, onu merak ediyorum, biraz saygı canım diyerek sinirini ondan çıkartmaya çalıştı. "Ne yaparsan, yap!" dercesine ileriye doğru gitti, Erkan vapurda. Mert kızdı "Ela'ya, yaptığın yakışmadı, hem sana ne! benim Deryayla olan ilişkimden, neden kırıcı olmak zorundasın bu kadar sevdiklerine karşı" diye azarladı. Ben ortam daha fazla gerilmesin diye uzaklaştım ortamdan, Ezgiyle beraber yalandan konuşmaya başlamıştık. Ezgi neler oluyor diye bana sordu, bende az evvelki ortamı kastettiğini sanarak olayları denize bakarak anlatmaya başladım, Ezgi, onu sormuyorum canım, Ela sana neden bu kadar sardı, onu merak ediyorum dedi. Dona kalmıştım, ne diyeceğimi bilemedim, Mert geldi de, soruyu cevaplamaktan zor kurtulmuştum. Ezgi bir şeyler ima etmeye çalışmıştı bana. Zeki bir kızdı, zaten Erkanın bakışlarından da huylanmıştı. Ona anlatmalı mıydım acaba? Ela ile de arkadaş olması güvensizleştiriyordu beni bu mana da. Netice de hoş bir şey değildi yaşadıklarım. Yaşadıklarımı anlatsam bile, beni yanlış yargılayabileceğinden dolayı korktum. İnkar edemem yüreğimdekileri, ama dost olmaya karar vermiştik sadece, ama bunu Ezgi inandırıcı bulmazdı, buna eminim. Yine kendinle neler kaynatıyorsun merak ediyorum dedi bana Ezgi. Müsait bir zaman da anlatırım canım dedim. Sevinirim, diyerek gülümsedi. Elimden tutarak, ne olursa olsun her zaman yanındayım, buna inan dedi. Biliyordum ama kafam karışıktı, yanlış anlaşılmak istemiyordum. Netice de bir tarafta ben bir tarafında diğer arkadaşı Ela olacaktı. Yaklaşmıştık karaya, Erkan dönmemişti, anlaşılan çok sinirlenmişti. Haklıydı, Ela ağır konuşmuştu. Mert desen o ayrı bir sinir küpüne bağlamıştı kendini. Mutlu gittiğimiz tatil dönüşü, zehir olmuştu. Vapurdan inme vakti zamanı geldi Erkan, herkese iyi günler dileyerek ayrıldı hızlı adımlarla vapurdan. Ela bozulmuştu, böyle bir hareket beklemiyordu anlaşılan Erkandan. Mert kolundan tutup hadi güzelim, gidelim dedi. Erkan ı sahilde bir arabaya binerken gördüm, sanırım şoför istemişti kendisini alması için. Mert önce Elayı bırakıp sonrada eve döneceğini söyleyerek vedalaştı. Ezgi ile aynı istikamette oturuyorduk, bak yine baş başa kaldık dedi. Evet canım dedim. Ne gündü ama ya! Ela ayıp etti gerçekten de, güzel atmosferi bozmaya ne gerek vardı şimdi, anlamadım. Ama sana bir şey söyleyeyim mi canım, Ela anladığım kadarıyla Erkanın sana olan bakışlarını yakaladı. Resmen kadın sinir krizi yaşadı kıskançlıktan dedi. Canım o da kendisine gözü dışarıda olmayan birilerini seçsin ama değil mi diyerek gülmeye başladı. Yok canım, abartıyorsun, normal bir bakıştı adamın bana baktığı anlar, dedim. Eminim öyledir dedi Ezgi, kendinden emin bir şekilde.

Eve kendimi nasıl attığımı hatırlamıyorum bile, dönüş oldukça yorucu gelmişti bana. Abimlerle görüştükten ve kısa ada anlatımlarımdan sonra odama çıkmıştım. Yatağın üzerine öylece yattım.

Okula alışmam zor olmuştu ilk gün, bir haftalık tatilden sonra. Kahvaltı bile yapamadan zor yetişmiştim ilk derse. Üçüncü ders sonunda bir araya gelebilmiştik Mertle. İlk iki ders yoktu. Ezgi hiç gelmemişti, aradığımda da ulaşamamıştım telefonla. Uyuyakalmışım dedi Mert, Ela çok kötüydü onda kaldım dün gece dedi. Umarım iyi olur dedim. Bugün İtalya'ya gidecek, katalog çekimleri varmış, en çokta ondan morali bozuldu ya, aramız kötüyken gittiğim de daha da uzaklaşacak benden endişesi taşıyordu. "Ben de ayrıl gitsin dedim, ne o öyle pamuk ipliği mi canım. Seviyorsa seviyordur, sevmiyorsa varsın gitsin, ama öyle değil mi?" dedi, bilmem dedim sadece. Yaşamadığım bir duyguyu anlamam zordu. O ders arasını da Ela'yla yemiştik zaten. Öğle arası bir yerlerde yemek yiyelim dedi Mert. Bakarız diyip yerime oturdum. Bütün ders boyunca Ela'yı düşünmüştüm, benim yüzümden sorun yaşamışlardı. Ben Erkan la konuşmamış olsaydım Erkan ilgisini bana göstermeyecekti. Ela da bu kadar sinirlenip, atış-mayacaktı Erkanla. Vicdan azabı hissediyordum. Ders bitimi Mertle çıktık, ben kantinde yemeyi önerdim ama özel bir yerlerde yemeyi tercih etti. Kırılmasın diye kabul ettim. Daha ders notlarını toplamam gerekiyordu, öğlen yapacak çok işim vardı. Netice de bir hafta yok-tum derslerde. Mertle giderken ayak üstü ezgiyi konuştum. Bu aralar garipti, uzun zamandır dersleri ekiyordu. Son bir aydır, dersleri hiç kaçırmak istemeyen inadına beni teşvik eden kız derslere girmiyordu. Acaba bir sorunu mu var? Okul bitişi buluşalım mı diye sorduğumda, bizim kız kıza daha rahat konuşabileceğimizi söyledi. Bu aralar Mert de bir garipti. Ne zaman Ezgi desem yüzünü buruşturuyordu. İyi, olur o zaman dedim. Yemeğimizi Ela eşliğinde yemiştik. Ne Ela ama okulda Ela, dışarıda Ela, sıkılmıştım artık. Ne değerli bir kuzenmiş öyle. Daha evvel nerelerdeydi acaba. Sahi, Mert daha evvel hiç bu kuzenini görmemiştim senden duymamıştım da, burada yaşamıyor muydu? Ela dedim. Yok canım iki senedir Amerika da yaşıyordu, Erkanla da orada tanışmışlar, Erkan dönünce, o da buradan bir ajansla anlaştı. Nasıl yani o Erkanla iki sene bir arada mı yaşamıştı, başımdan aşağı kaynar sular dökülmüştü. Daha bilmediğim neler çıkacaktı aca-ba, beni görebilmek için barışmış güya, yalana bak!. Hadi bitirsene yemeğini diye Mert söylenmişti, iştahım kaçmıştı birden. Hadi kalka-lım iştahım yok zaten dedim. Öğleden sonra derslerin nasıl geçtiğini anlamadım bile, ders aralarında da, Mert'e ders notlarını toplayaca-ğım diyerek yalan uydurmuştum. Kendime gelemiyordum, aslında yalan da değildi, ders notlarını toplamam gerekiyordu, ama Mertle öğle yemeğinde konuştuklarımızdan sonra bir türlü kendime geleme-miştim.

Ezgiye uğramadan eve gelmiştim, yatağa kendimi nasıl attığımı hatırlamıyorum bile. Abimlerin yemek yiyelim teklifini bile geri çe-virmiş, yatakta bir o yana bir bu yana dönüp duruyordum. Koca bir kamyon geçmişti üzerimden sanki. Sonra düşündüm, bu adam bana sevgilin olayım demedi ki, ne diye bu kadar kendi kendime işkence çektiriyordum onu anlamıyordum. Kendine gel Derya, telkinlerim işe yaramıyordu artık, ne tozunu atabiliyordum ruhumun, nede bedenimi kendine getirebiliyordum. Off, büyük bir çıkmazdaydım. Büyük bir kaos taydım, kimselere anlatamadığım duygu çeşnileri arasında kaybediyordum kendimi. Durmalıydı, bu duygu seli, bir freni olmalıydı mutlaka. Muallaklar içinde yummuştum gözlerimi. Başıma koca bir balyoz yemişçesine, yorgun bir şekilde kalktım yataktan, ayağım okula gitmek istemiyordu. Geri geri gidiyordu ayaklarım. Okulun karşısında ki yolda taksiden indikten sonra, okula doğru karşıya geçmek isterken az daha bir taksinin altında kalıyordum. Kıl payı kurtulmuştum Arabayı süren adam; "canına mı susadın bacım diye.." arkamdan bağırıyordu. Bütün caddedekiler bana bakıyordu. Hiç bir şey umurumda değildi..

Son beş günün nasıl geçtiğini anlayamamıştım, hayal gibi gelmişti, ne zaman okul bitmişti de hafta sonu gelmişti anlamamıştım. Evde ve okulda ruh gibi geziniyordum sadece. Ezgi desen o da ortalıklarda görünmüyordu zaten. Mert başka diyarlardaydı, bazen geliyordu okula bazen hiç görünmüyordu ortalıklarda.. Telefonum abimin aramaları haricinde çalmıyordu bile. Acaba her günüm mü böyle geçiyordu da, ben mi farkına varmıyordum acaba. Genelde hep, ben aradım Ezgiyi, nasıl diyerek planlar yapardım ikimizin adına. Mert'in de sinemaya gitmek dışında başka bir hobisi yoktu zaten. Bir sonra yılbaşıydı, yılbaşı oldum olası kutlamazdım zaten. Yılbaşını sadece, eski günlerle vedalaşma, yeni günlere bir merhaba olarak görenlerdendim. Benim için yaşadığım her an kıymetliydi, son bir haftaya kadar. Her anım sevdiklerimle güzeldi zaten. Günler aynı akıp gidiyordu, ama çevredeki, yüreğinde ki insanlar hep yer değiştiriyordu nedense. İnsan mı değişkendi, yoksa onu yönlendiren duygular mı? Hiçbir şeyin ilk heyecanı zamanla kalmıyordu, damağımızda. Çikolatayı çok seven, küçükken kavanozun dibine kadar yalayan ben bile, bir zaman sonra ondan bile vazgeçmiştim. Sonunda karar vermiştim, insanları bir arada tutan iki neden vardı. Birincisi kan bağı, ikincisi ise yürek bağıydı. Gerisi boştu. Fazla sorgulayıcı olmuştum son günlerde, her anımda aklıma gelen Erkan bile, zamana yenik düşmüştü duygularımda. Mert in bende ki yerini merak ediyordum. Ne ifade ediyordu benim için? Vazgeçilmezim mi? Ya Ezgi? Hayır o da benim için vazgeçilmez değildi. Son bir sene de neler yaşamıştım ki, bu kadar vazgeçer olmuştum, geçen sene vazgeçilmez sandıklarımı. Nankördü insanoğlu diye düşündüm.

Gözlerimi açtığımda Aslı başım daydı, saçlarımı okşuyordu. Nasılsın güzelim? Günaydın, iyiyim diyerek geçiştirdim. Ben seni uzun zamandır iyi görmüyorum Deryacım, paylaşmak istediğin konuşmak istediğin ne varsa her zaman hazırım biliyorsun güzelim. Günün hangi anında olursa olsun dinler sana yardımcı olabilirim, bunu biliyorsun değil mi? dedi. Sadece hıçkırarak ağlamaya başladım, bütün biriktirmişliklerimi boşaltırcasına, her geçen zaman daha da artıyordu hıçkırıklarım. Bana bak güzelim dedi omuzlarımdan tutarak, gözlerime bak! Sen güçlü bir insansın, tamam mı! Ne sorunun olursa olsun, onu aşacak güçtesin, bunu sen de ben de çok iyi biliyoruz dedi. Bir nebze avutsa da söyledikleri, yarama ilaç olamıyordu. Nasıl kapatabilirdim ki, yüreğimde ki o uçsuz bucaksız deliği. Kalk bakalım yataktan, sen kendin duş alabilir misin? Yoksa ben aldırayım mı? diye sordu. Tamam diyerek başımı önüme eğdim. Önce güzel bir duş alıyorsun, sonra da aşağıda seni bekliyorum hadi canım dedi. Suyun altında daha çok ağlamaya başlamıştım. Büyük bir boşluktaydım. Her düşüncem bana istemeden olsa gerek, bir kuyu kazıyordu duygularımda. Her düşüşüm daha da sert oluyordu. Yara bere olmayan his demetim kalmamıştı.

Günü düşünemiyordum, dolayısı ile yaşayamıyordum da. En çokta annemi özlüyordum. Omzuna başımı koyup saçımı okşadığı o günleri. Kokusu tütüyordu burnumda buram buram. Yanlışın olsa bile, bütün dünyaya karşı senin yanında olabilen o güçlü varlığı özlüyordum. Ona çok ihtiyacım vardı, ona anlatacaklarım vardı, kim anlardı ki başka.

Herkes yargılasa bile o bir yolunu bulur, beni acıtmadan kırmadan, yine doğru yolumda yürütürdü beni. Tutmuyor ayaklarım artık anne, ne elim kalkıyor nede kollarım. Gel anne, elim ol, istersen kolum. Gel annem, yeter ki sen gel, yüreğim ol. Ne koca boşluğu dolduruyormuşsun meğer annem, ne büyük güç veriyormuş nefesin.

Aslının seslenmesiyle kendime gelebilmiştim. Çıkıyorum dedim. Kapı sesini duydum, çıkmıştı odamdan. Nasıl anlatabilirdim ki annesini hiç tanımamış birine, şimdi annemi özlediğimi? Anlatılabilir miydi? Ya, anlayabilir miydi? Aslı'yı üzmeden konuyu geçiştirmeye karar vermiştim. O güzel insanı üzemezdim. Aşağıya indiğimde tedirgin bir şekilde beni bekliyordu, korkutmuştum sanırım onu da. Daha iyi bir ifade şekliyle çıkmıştım karşısına. Maskeni çıkar dedi bana, nereden anlamıştı ki, maske takındığı mı? Bir doktor teşhisi miydi acaba. Gülerek yok iyiyim gerçekten, ağlamak iyi geldi, kendime getirdi beni dedim. Canım bak, abinin de benim de seni ne kadar çok sevdiğimizi biliyorsundur. Ama erkeklerle her şey konuşulmaz. Ama beni ister bir dostunun yerine koy, istersen bir abla yerine. Ne haykırmak istiyorsan haykır, bağırmak mı istiyorsun, rahatlayıncaya kadar bağır. Yeter ki ağlama güzelim, kıyamam ben sana dedi, ellerimi tutarak. Anlıyorum çaresizliğini annenin ölümünden daha bir sene ancak geçti. Yalnız değilsin ama bak ben varım, abin var, her zaman gel konuş ne derdin olursa olsun. Yük etme kendine, sonra taşıyamaz yorulursun. Yorulduğunda da sağlığın tehlikeye girer. Hadi şimdi en çok sevdiğin şeyleri yapalım dedi. Bugünüm senin canım dedi. Harika bir insandı Aslı, her geçen gün onu daha da çok seviyordum.

Lunaparkta almıştık soluğu, beraber çarpışan otolara bindik, atlı karıncaya bindik, uzun zamandır bu kadar eğlendiğimi hatırlamıyorum. Yorulmuştuk artık eğlenmekten. Karnım acıktı dedim. Günlerdir ilk defa karnımın acıktığını hissettim. Hadi bir şeyler yiyeyim dedi, kolumdan tutarak Aslı. Aslı ya erişte sevip sevmediğini sordum Çok sevdiğini söyleyince Dudu teyzemin oraya götürmeye karar verdim. Salaş bir yer ama, yediğin en güzel erişte olacak bana güvenebilirsin dedim. "Arabayı uygun bir yere park edip, ara sokaklardan geçiyorduk, ne kadar güzel sokaklar, insana yaşanmışlık hissi veriyor bu mahalleler" dedi. Aynı benim hissettiklerimi yaşıyordu. Benzer pek çok özelliğimiz vardı Aslıyla. Onunda gözlem kabiliyeti oldukça yüksekti. Dudu teyzem yine koşturuyordu masalarda. Beni görünce hemen sıkıca sarılarak öptü yanaklarımdan. Aslı şaşırmıştı, daha sonra yengem diyerek tanıştırdım Aslıyla. Aslı uzanıp elini öpmek istedi, Dudu teyze müsaade etmedi ama. Hoş geldiniz kızlarım diyerek bize bir masa ayarladı. Aslı ya mekanın benim için önemini anlattım. Bak abim bile bilmiyor, değerini bil dedim. Canım diyerek güldü. Çok sıcak bir karşılamaydı diye mırıldandı, ben de gelebilir miyim, artık bu mekana sık sık dedi. Elbette, ama abimsiz tamam mı? diyerek söz istedim ondan. O da söz, diyerek cevap verdi. Dudu teyzem her zaman ki gibi erkenden getirmişti erişteleri, az işim var geliyorum kızım diyerek ayrıldı masamızdan. Aslı bir yandan mekanı inceliyor, bir yandan da nefis olmuş diyerek erişteşini yiyordu. Uzun zamandır yediğim yemeklerin en lezzetlisiydi dedi. Gelince kendisine söylersin diyerek yemeğimi yemeye devam ettim. Oy belim diyerek nefeslendi Dudu teyze. Yaşlanmıştı artık, Aslı övgülerini sıralamaya başlamıştı. Sağ olasın güzel kızım beklerim her zaman dedi, Dudu teyzem. Saat kaç oldu kızım? diyerek bana döndü, o sırada Aslı kendi saatini göstererek, ikiye geliyor dedi. Dudu teyzenin gözü saate takılmıştı. Ne oldu Dudu teyze diye sordum. Aslı ya bakıp kızım bu yara mı diye sordu. Ben bile dikkat etmemiştim daha evvel. Çiçek yaprağı şeklinde kahverengi bir leke vardı kolunda. Doğum lekesi dediğinde, Dudu teyze dokunmak istedi lekeye. Aslı ne oldu diye sordu, yok kızım yara sandıydım da. İyi madem diyebildi. Ter içinde kalmıştı Dudu teyze, ne olduğunu Aslı da ben de anlamamıştık. Bizden her zaman ki gibi hesap almadı. Aslının da elini tutup evin bil kızım istediğin zaman gel dedi. Oradan çıktıktan sonra Aslı arkaya dönüp bakıyordu, nasıl güzeldi değil mi? diyerek soru yağmuruna tutuyordum onu. Bakıyor hala kadıncağız dedi, el sallayarak, dönüp ben de el salladım. Oldukça garipti, Dudu teyze bizi yolcu edip girerdi içeri. Hiçbir zaman öyle kapıya çıkıp bakmazdı, bakamazdı vakti olmazdı çünkü. İlginç gelmişti bana.

Bugün Aslı sayesinde mükemmel bir gün yaşamıştım. Hadi tatlılarda benden dedi Aslı. Açıkçası tatlıya karnım toktu, ama sana eşlik edebilirim dedim Aslı ya. Aslı da mutlu olmuştu bugün, kim bilir belki de beni böyle mutlu görünce o da mutlu olmuştu. Süt tatlısını yedikten sonra evin yolunu tutmuştuk. Her zaman ki gibi ne arayan vardı nede soran. Neyse diyerek denizi izlemeye başladım, balık tutan insanları seyre dalmıştım. Eve gelmiştik bile. Canım benim abine uğramam lazım sen de gel istersen dedi. Yok dedim, az dinleneyim yorulmuşum dedim. Bu arada çok teşekkür ederim bugün için dedim Aslı ya. Asıl ben teşekkür ederim sayende bende çok eğlendim canım, dedi. Bugün yılın son günüydü, yeni günlerin habercisi..

Kapıyı Zehra abla açmıştı, heyecanlı bir şekilde, Mert diye birine acilen ulaşman gerekiyormuş kızım en az on kere aradı dedi, şaşırmıştım neden cep telefonumdan ulaşmamıştı ki. Çantamı açıp telefonumu aramaya başladım ama yoktu. Sonradan aklıma geldi, çıkarken almamıştım ki. Hızlı bir şekilde merdivenleri çıkıp telefonumu aramaya başladım. Bulamadım. Sonradan banyoya girdiğim aklıma geldi. Evet lavabonun üzerindeydi, sekiz kere aramıştı. Üç kere de mesaj atmıştı. Tekrar Merti aradım, hayatım nerdesin ya diyordu, beni kaç gündür arayıp sormayan adam. Ben de kinayeli bir şekilde arayan olmadığı için telefonu artık yanımda taşımadığımı söyledim. Söylediklerimi duymazdan gelip, yılbaşı için rezervasyon yaptırmak istediğini söyledi. Ben de kızdım ona sanki bilmiyorsun, ben ne zaman yılbaşı kutlaması yaptım Mert seninle dedim. Mert, özür dilerim haklısın o zaman bana gel bu gece benim evde baş başa yemek yiyelim. Söz ben yaparım yemekleri hem dedi. Tabii tek kolla çok güzel yaparsın dedim. Tamam o zaman teyzemden yardım alırım bende dedi. Peki ama bir tek sen ve ben kalabalığı kaldıramam bak dedim. Tamam diyerek telefonu kapattı. Aslı aradı, hastanenin yılbaşı eğlencesine, gelmek isteyip istemediğimi sordu. Ben de Erkan da olur diye düşünerek Ezgiyle plan yaptığımı söyledim. Kıyamazdım Ezgi ye, ona da söylemek istedim. Merti arayıp davet etmesini söylediğimde, çok istiyorsan sen ara dedi, çok kızmıştı. Aradım, Ezgi planının olduğunu, belki gecenin ilerleyen saatlerinde görüşebileceğimizi söyledi. Sesi donuktu, ben onun aramasını beklerken acaba o da mı benim aramamama bozulmuştu. Hep öyle değimliyizdir zaten. Kendi derdimize düştüğümüzde başımızı hiç çıkarmayız kumdan. Sonra da söyleniriz hep kimse yok yanımızda yalnızız diye. Oysa ki hiç düşünemeyiz karşımızda ki insanında aynı an da sorunu olabileceğini. E dünya bizim çevremizde dönüyor ya, en büyük sorun mutlaka bizim ki olmalı. Sorunun vakti zamanı yoktur. Her insan günün her hangi bir zamanında sorun yaşıyor olabilir, bu olağan bir durumdur. Kiminin sorunu hemen çözülür, kimisi de yaşadığı sorunları bırak çözmeyi silebilmek için bir ömür harcar..

Erkan yoktu, ortalıklarda, her köşe başında karşıma çıkmasına alışmış mıydım acaba. İnkar edemezdim, gittiğinde ki yaşadığım bocalamayı, içine düştüğüm karanlığa, günlerim şahitti. Yıldızım kaymış, olsun hayat devam ediyor diye, arşınlıyordum yolları. Kalp çarpıntılarımdan eser kalmamıştı, arada bir sıkışıyordu yüreğim o kadar. Yokluğu varlığından daha küçük bir iz bırakmıştı, bana. Ne gülüşü kalmıştı aklımda, ne mavi gözleri, şimdi o da herkes gibiydi. Bir daha görüşümde bir merhabadan fazlası olamaz, diye düşündüm.

Akşam dokuz diye konuşmuştuk Mertle, özel bir şeyler yapmaya gerek yoktu evde televizyon izleyip, çerez yerdik. Aslı geldi odama, gel istersen hem kafan dağılır dedi, Ezgi ye ayıp olacağını belirtip kibar bir üslupla geri çevirdim tekrardan teklifini.

Abim ve Aslı hazırlanıp, bana iyi eğlenceler dileyip çıkmışlardı. Ben hazırlanayım dedi, tekrardan Ezgi yi aramak istedim, uzun bir süre çaldırdıktan sonra cevap vermedi telefonuma. Üzülmüştüm, o kadar çok kendi derdimle yoğrulmuştum ki unutmuştum onu. Neyse diyerek, giyinip hazırlandım. Salaş bir şekilde evden çıkıp taksiye bindim. Saat dokuzu geçiyordu, Mertin kapısının önündeydim. İçeriye girmek istemiyordum her nedense. Zili çaldıktan, uzun bir süre sonra açtı kapıyı Mert. Her yer karanlıktı, ne bu dedim. Sen gir içeriye diyerek, kolumu çekiştirmeye başladı. Tam salona girdiğimiz an da sürpriz denilerek ışık açıldı. Ezgi, Ela, Erkan karşımda duruyorlardı. Hepsi en güzel kıyafetlerini giyinmişti, bana hoş geldin dediler. Alacağın olsun Mert dedim içimden, insan bi söyler ona göre giyinirdim. Şok oldum, ne diyeceğimi bilmiyordum. Boş boş bakınıyordum onlara. Ezgi gelip boynuma sarıldı, canım benim seni çok özlemişim dedi. Sen de mi Ezgi diyerek sarıldım, ben de. Ela çok mutluydu, gelip yanaklarımdan öptü, Erkanla barışmış olacak. Erkanla üstün körü tokalaştım. Elleri buz gibiydi, aynı benim ellerim gibi.

Uzun bir süre şaşkınlığımı atamadım. Nereden çıkmıştı şimdi bu curcuna diye düşünüyordum. Mert mutfaktaydı, yanına gidip, seninle sonra görüşeceğiz dedim. Sarılıp sana sürpriz yapmak istedim ama canım dedi. Bir haftadır bunun hazırlıklarıyla uğraşıyordum, hem böyle yapayım desem karşı çıkacağına emindim. Peki, öyle olsun dedim. Müziği açmışlardı içeridekiler, anlaşılan keyifler iyiydi. Ela ile Erkanın nasıl barıştığını sordum, ben de anlamadım dedi, iki gün evvel dışarıda takılalım yılbaşına dedi, ben de senin o gece de dışarıya çıkmadığını söyledim. Evde takılacağız biz dediğimde de iyi o zaman bizde gelelim dedi. Hayır diyemedim, sonra bir baktım ikisi bir gelmişler. Ben de yeni gördüm ikisini, dedi. Mezelerin hepsini teyzesine yaptırdığını söyleyerek, beraber masaya taşıdık. Bütün masa hazırdı. Açsanız şimdi başlayabiliriz dedi, Mert. Kimseden ses çıkmayınca, tamam o zaman, nasıl isterseniz diyerek pastanın üzerinde yakmış olduğu mumları söndürdü. Elimi tutarak, koltuğa oturduk beraber. Mert diyerek bağırdım sonra, koluna bakarak. Ne doldu? Diyerek sordum? Neye, ne oldu? dedi. Alçını çıkartmışsın dediğimde, kaşındırıyordu, doktora gittim, çatlak olduğu için alçının fazla durmasına zaten gerek olmadığını söyleyerek çıkarttılar güzelim dedi. Rahat olup olmadığını sordum kolunun, elini bükerek bak gayet iyiyim ! cevabını verdi. Sevinmiştim..

İki saat sonra hep beraber masadaydık, ben hariç hepsi şarap içiyordu. Nasıl içiyorlarsa o acı şeyi dedim içimden. Alkole karşı inanılmaz bir korkum vardı. Babamın alkollü geldiği zamanlarda gelip anneme çektirdiği ızdıraplara oldukça aşinaydım. Küçüktüm o yaşlarda pek fazla hatırlamasam da abim ve annem sık sık dillendirdikleri için yaşamışçasına etkisi altında kalmıştım artık. Abim de alkol kullanmazdı, Aslı içerdi ama özel günlerde. Bazen içimden geçmiyor değildi, sarhoş olup bütün dertlerimden kurtulma isteği. Geçici bir durumdu aslında, gerçekler aynen duruyordu, sadece zamanı erteleniyordu, sarhoş olma durumunda. Ayıldığında, balyoz gibi başına vuruyordu, yine kaçtığın o acı gerçekler. Mert benim için meyve suyu almıştı, hem de her çeşidinden sağ olsun, beni de düşünürmüş canım diyerek düşündüm. Yemek oldukça keyifli geçiyordu, tavuk suyuna çorba mükemmeldi, Mert teyzesinin yaptığını söyledi. Yediğim en lezzetli çorbalardan biriydi gerçekten de.

Yemekten sonra mezeler hariç, diğer bütün tabakları kaldırmıştık. Mertin teyzesi en az beş altı çeşit meze yapmıştı, hepsinin tadı da çok güzeldi. Mert aslen Balıkesirliydi, Egenin zeytinyağlıları güzel olurdu zaten, bilirdim. Bir ara Ela rengimin soluk göründüğünü, hasta olup olmadığımı sordu. Ezgi bana sarılarak, bana ihtiyacı vardır sevgi böceğimin. İlacı ben de diyerek geçiştirdi konuyu. Ben de cevap vermek zorunda kalmayıp gülümsemiştim. İlk gördüğümden itibaren, Erkanla göz göze gelmemeye çalışıyordum. Arada bir nokta da rastgele çakışsalar bile gözlerimiz hemen görüş alanımı değiştiriyordum. Koltuklara dağılmıştık, Mertin salonu çok büyüktü, içeride yirmi kişiye yetecek kadar oturma alanı vardı. Ezgi benim yanımda, Mert bilgisayarın başında çalacağı müzikleri ayarlamaya çalışıyordu. Ela ile Erkan da çifte kumrular gibi derin bir sohbete dalmışlardı. Aman mutlu olsunlar diye geçirdim içimden, biz netice de dost bile olamamıştık Erkanla.

Mertin yanına gidip, seçtiği müziklere göz atmak istedim. Hep genelde yabancı müzk ayarlamıştı, birlikte dinlemekten hoşlandığımız şarkıları seçmişti hep. İlk şarkımızı açmıştı; *"Take My Breath Away.."* Mertin en çok bana söylediği şarkı sözleriydi bu şarkı, *"watching, I keep wainting.."* İzliyorum, beklemeye devam ediyorum sözleri, bana sıkça kullandığı sözlerdi. Işıkları kapatıp, salonda ki spotları açmıştık, içerisi loş olsun diye. Mertle salonun ortasında dans ediyorduk, herkesin gözlerinin bizim üzerimizde olduğuna emindim. Ben sadece şarkı sözleri eşliğinde Mertin gözlerinin içine bakıyordum. Mertin gözleri parlıyordu, kimbilir belki de hiç kendini bu kadar mutlu hissetmemişti. Mert tek çocuktu, oldukça varlıklı bir ailenin oğluydu. Ama kendisini her zaman sevgi boşluğunda hissetmiş bir çocuktu. Kimse tarafından şımartılmamıştı, babam hep üvey evlat muamelesi yapardı bana diye sıkça anlattığı, söylemleri bile olmuştu bana. Daha bir şefkatle bakmıştım gözlerine, daha sıkı sarıldı belime. Ona karşı inanılmaz bir şefkat duygum vardı, çocuksu davranışları da kim bilir o yüzden geliyordu, çocukluğunda ki o sevgisizlikten. Büyüyünce anne babalarımızın bize bıraktığı en kötü miras da bu değil miydi zaten? Bütün yaşadığımız travmalar, çocukluğumuzda büyüme şeklimize dayanıyordu. En çokta sevgi, güven eksikliklerinin vermiş olduğu büyük enkazlar gibi dolanıyorduk, yaşam denilen o uzun yolculukta. Zor muydu o kadar sevgiyi hissettirebilmek, anne ve babalarımız için. Kendinden olan bir parçayı neden sevmiyorlardı ki, neden..

Bilgisayarın başına Ela ve Erkan geçmişti. Bizim şarkımız bitmişti. Değiştirebilir miyiz diyerek sordu Erkan, Merte. Elbette dedi..Mert. Celine Dion du söyleyen, en sevdiğim şarkısıydı, güzel seçim diyerek düşündüm. Mert devam etmek ister misin diye sordu, hayır canım dinlenelim az dedim. Ela ve Erkan dans etmeye başlamışlardı. Koltuğa oturup onları izlemeye başladım, Ezgi bana bakıyordu, gel dedim yanıma. Omzuna yasladım başımı, *"love was when I loved you"* sözleri takıldı dilime, aşk seni sevdiğim zamandı diyerek bakınıyordum, tam o sırada gözlerimiz yine birleşmişti Erkanla. Ne kadar anlamlı bir cümleydi, şu an ki düşüncelerimi, ancak bu cümle telaffuz edebilirdi. Dans ettiği sürece bana bakıyordu gözleri, bakmak istememe rağmen alamıyordum gözlerimi ondan. Yine filizleniyordu yüreğim. Ölmemiş miydi bu his, yine içimde dedim kendi kendime. İyi gelmemişti, Erkan seni görmek hem de hiç. Yine nerelere götürecekti beni acaba..

Şişe çevirmece oynamaya başladık, doğruluk mu cesaret mi diye. Ezginin aklına gelmişti. Uzun zaman önce oynadığım bir oyundu. Bana en çok istediğin şu an ne diye soruldu? Ben de annemin başımı okşaması dedim. Herkes sustu, sıra Erkan daydı, ona ilk aşkını sordular, o da ilk aşkı ilk deniz kenarında, bir arkadaşıyla şarkı söylerken keşfettiğini söyledi. Gözlerinin içinin parlaklığına kapıldım belki de, ama en etkileyici gördüğüm gözdü diyerek bitirdi sözlerini. Acaba deniz kenarında ilk şarkı söylediği kız ben miyim? diye düşünmeye başladım. Ela sıkıcı bulduğu için kısa sürede bu oyundan vazgeçildi. İşine gelmemişti anlaşılan, Erkana ilk aşkı sorulduğu için. Erkanın soğuk davranışlarına inat, Ela oldukça ilgili davranıyordu Erkana karşı. Bardağı bitse, gidip kendisi dolduruyor, çerezi bitse gidip yine o tazeliyordu. Mertin bana yaptığı hareketlerin aynısını Ela Erkana yapıyordu. Ezgi suskun bir şekilde kendi köşesine çekilmiş öylece duruyordu. Dalıyordu gözleri, hep halıya bakıyordu. Bardağını elinden alıp hadi dans edelim dedim, saçmalama diyerek reddetti. Merte göz işareti yaparak Ezgi yi dansa davet etmesini istedim. İstemeden de olsa, Ezgi yok dese de dans etmeye başladılar. Mertin elleri, Ezgi nin belinden her an düşecekmiş gibi duruyordu. Ezgi ise keyifliydi. Bu da beni mutlu ediyordu. Mutfağa gittim çerez ekleyecektim masadaki tabağa, arkamdan Erkan geldi, su alacaktım dedi ürkerek. Bardağın yerini işaret ettikten sonra şuradan al! diyerek, çıktım mutfaktan. Yanından geçip gitmek dokunmuştu bana, bir bardak su veremeyecek şekle sokmuştu beni. Masaya baktığım da, hem sürahinin dolu hem de yanında temiz bardaklar olduğunu gördüm. Bilinçli gelmişti mutfağa, sırf birkaç kelime duymak adına. Yetebilir miydi, yaşadıklarımı anlatmaya, birkaç kelime? Hangi söyleyeceği söz yaramı örtebilirdi ki. Kanamasını durdurabilir miydi, yüreğimin? Hiçbir yalanı, aldanmama yetmeyecekti artık!

Merti bu sefer ben dansa davet etmiştim, zevkle eşlik ediyordu bana. Mert kadar masum bir insanı, değişemezdim hiç kimseye. Ezgi yine dalmıştı, bu sefer bize bakıyordu, görmüyordu ama bizi. Paylaşmıyordu benimle, içinde yaşadıklarını, anlatmaktan kaçınıyordu. Problemli bir ailede büyümüştü Ezgi, annesinin ve babasının pek çok kere ayrı yaşamalarına şahit oldu. Maddi durumları iyi bir ailenin kızıydı, Ezgi de sevgi eksikliğini fazlasıyla yaşayanlardandı. Babasının güven vermiş olmaması, onun bütün ilişkilerinde maalesef etkili olmuştu. Mertin saçlarımı diğer tarafa almasıyla düşüncelerimden ayrıldım. Bugün daha bir güzelsin dedi, oysa ruj bile sürmemiştim. Mertin iltifat ettiği de fazla görülmezdi aslında, en çokta bu huyunu seviyordum aslında, abartıdan uzak bir insandı. Erkan kadehini bittikçe dolduruyordu, Ela da yorulmuş olacak ki, kadehini doldurma işinden vazgeçmişti. Çok garip ilişkileri vardı, dışarıdan gören biri olsa, bu ikisinin çıktığına inanmazdı bile. Bana da pek inandırıcı gelmiyordu ama işin içinde başka bir şey vardı, bana öyle geliyordu. Erkan kadehleri devirdikçe daha belli eder şekilde bana bakıp duruyordu. O sırada Ezgi bir dakika var, hadi havai fişekleri izleyelim diyerek balkon kapısını açıp bizi de oraya çağırdı. Herkes elinde kadehiyle geçmişti balkona.

Ben de vişne suyuyla girmek istedim, yeni bir yıla. Masanın oraya gidip dolduracakken, 10, 9,8,…diye sayarak geri sayıma başlamışlardı. Ela Erkanın yüzünü ellerinin arasına almıştı, saat tam on iki de onu öpecekti, buna emindim. Saat tam on ikiyi gösterdiğinde Ela Erkanın dudaklarına yapışmıştı, yüreğimi zapt edemiyordum, çılgın gibi atıyordu kalbim, delirmiş gibiydi, o an da düştü bardağım elimden. Herkes bardağın yere düşerken ki sesi duymuş olacak ki, bana doğru döndüler. Yanıma ilk gelen Erkandı. Bir yerine bir şey oldu mu diyerek elimi yokluyordu. O sırada parmaklarının ucundaki, geçmemiş olan yanıkları fark ettim, içim cız etmişti. Parmaklarımın iki tanesine ufak cam kırığı batmıştı, toplama çalışırken oldu sanırım diye düşündüm. Mert yanımdaydı, ellerimi peçeteyle sararak sen şöyle otur bi güzelim dedi. Mert cam kırıklarını yerden toplamaya çalışıyordu, Ezgi o sırada süpürgeyi getirip süpürmeye başlamıştı bile. Hangi arada nereden bulmuştu ki Ezgi süpürgeyi ben bile yerini bilmiyorken. Neyse diyordum içimden, Mert getirmiştir beklide ben yara bantlarını sarmaya çalışırken. Ela yanıma geldi o sırada, dur yardım edeyim, diyerek bantları çıkartıp daha düzgün bir şekilde bantladı parmaklarımı. Erkan karşıdan doğru bakıyordu bana doğru, meraklı gözlerle. Bardağı elimden nasıl düşürmüştüm ki, kıskanmış mıydım acaba Erkanı Ela ile öpüşürken? Cevabını duymak istemediği soruları, insanın kendine sorması bazen ağır geliyordu. Hadi dediler tekrardan gökyüzü ışıl ışıl, biz tekrardan geriye doğru sayalım dediler. Erkan olur muymuş canım öyle şey, yeni yıla girdik işte, herkese yeni senemizde sağlık ve mutluluk diliyorum dedi.

Herkes güzel temennilerini sunduktan sonra, Ela size güzel bir müjdem var diyerek, müsaade istedi. Merak ediyordum, gidiyor muydu acaba Amerikaya? Bana verebileceği en güzel müjde o olurdu sanırım. O sırada Erkan yanına gidip kulağına bir şeyler söyledi, Ela ters bir bakış fırlatıp Erkana, Erkanla biz derken, Erkan çok içtin hayatım biraz konuşalım istersen diyerek oturtmaya çalıştı Elayı. Ela tam bir şey söyleyecekken, Erkan dudağından sıkı bir şekilde öptü Elayı. Herkes şaşkın bir ifadeyle bakıyordu. Mert bir garip olmuştu, yüzünü döndü diğer tarafa doğru. Ezgi gülümsüyordu sadece, Erkan Elanın kolunu yumuşak bir şekilde tutup balkona çıkardı. Olanları bana anlatabilecek biri var mı dedi, Mert. Ben dona kalmıştım, Ezgi gülümseyerek yarım kalanı tamamlıyorlardı sanırım dedi, gülümseyerek. Lavaboya gittim, yüzüme su atıyordum, uyan kızım bu rüyadan dercesine. Suyun her yüzüme değişinde yüzümdeki ateşi fark edebiliyordum. Bu nasıl bir duygudur, silmiştim bu duyguları, ben toprağın altına gömmüştüm. Gözyaşlarım mı yeşertmişti acaba bittiği yerden. Of, ne yapmalı, ne etmeliydim de bu umarsız hastalıktan kurtulabilirdim. Elimde değildi, insanın kendini ve yüreğini kontrol edememesi kadar, daha kötü bir durum yoktu. Hastalanmış mıydım acaba?

Aslı, doktordu, kan tetkiklerimi yaptırmalıydım, çok uzun zaman geçmişti, en son yaptırdığımın üzerinden. Evet, evet bu Erkanla alakalı değildi, muayene olacaktım, kalp doktoruna. Ya kalbin de sorun yok derlerse, yok yok kesinlikle sorun vardı, geçen gün Ezginin arabasını gördüğümde de bu olay başıma gelmişti. Muayene olup, tedavisini yaptırmalıydım. Saçlarımı düzeltip, içeriye girdim. Ela ve Erkan hala balkondaydı. Mert yoktu, Ezgi ise çok içmiş olacak ki, gözleri kaymıştı daha bu saatte. Ezgi diye seslenerek yanağını okşadım, efendim Mert diyordu, gülümseyerek Mert değil benim canım dedim. "Hımm sen misin" diyerek açmadı bile gözlerini, derin rüyalarına daldı. Mert elinde buz kovasıyla gelmişti, biraz daha içki koymuştu masaya bu saatten sonra kim içecekse. Bu kıza ne oldu diyerek Ezgi yi işaret etti, uykuya daldı, sakın uyandırma dedim, zaten yorgun görünüyordu. Ela gülerek içeriye girdi, Erkan da arkasından, "aa biz yokken ne yaptınız bakayım benim arkadaşıma" dedi, Ezgiye bakarak. "Uyudu" dedim. "Mert bir battaniye getir de üstünü örtelim" dedi, Ela. Erkan masaya giderek, "o masa tazelenmiş" dedi, gülerek, "gel içelim" dedi Mert. Erkan da Mertte çakır keyif olmuşlardı zaten, Ela desen mutluluktan olsa gerek, ayakta durmakta oldukça fazla çaba sarf ediyordu. Ela koltuğun bir kenarına geçip uyurgezer bir şekilde uyanık kalmaya çalışıyordu. Saat gecenin ikisi olmuştu. Dönsem iyi olacak diye düşündüm. Mert Amerika'yı konuşuyordu, Erkanla. Erkan insanın kendi ülkesi gibi hiçbir yerin olmadığını söylüyordu. Hele tabiatımız diyordu, denizlerimiz, yeşilliğimiz yok böyle bir görsel şölen diyerek, Türkiye'ye duyduğu özlemi ve gururu anlatıyordu. Amerika güzel ama çok soğuk bir ülke diyordu. Herkes robot gibi yaşıyordu orada, bizim ülkemizde olan sıcakkanlılığın maalesef o ülkede binde biri bile yoktu dedi.

Daha sonra Erkanın ne yaptığıyla ilgili sorular sormaya başladı. Erkan da hiç sıkılmadan sorulan soruları cevaplıyordu. Karşımda dura iki adamı süzdüm bir ara, ne kadar farklı fiziksel hatları ve mizaçları var diye düşündüm. Sonra aklımla kalbimi düşündüm. Onlarda öyleydi, böyle zıt karakterlere sahiptiler. O yüzden çatışma yaşıyorlardı.

Erkanla, Mertin uyumu yoktu onlarda. Bir ara Erkanın bana baktığını gördüm. Mert o an da dönüp, çok güzel değil mi? O benim hayat arkadaşım dedi. Beni bu hayatta en iyi anlayabilen tek insan, hayat kapımın anahtarı diyerek bitirdi cümlelerini. Sonra Mert, sözü Ela ya getirdi, Ela senin için ne ifade ediyor? diyerek. Elaya bakıp Erkan, o benim sadece arkadaşım, beni seven, benim değer verdiğim bir insan dedi...

O geceden sonra değerin anlamı değişmişti lügatımda, değer benim bildiğim değer değildi artık! İkiyüzlülüktü artık değer, bir başkasını severken, diğerini de sevebilme ihtimaliydi. Kısacası değer, değerini kaybetmişti artık gözümde. Final haftasına girmiştik, kimsenin kimseyi görmeye vakti olmuyordu. Deli gibi ders çalışıyorduk. Arada bir Ezgi ve Mertle öğle yemeği kaçamakları yapmamız dışında, hep aynı geçiyordu günlerimiz. Hafta sonu kampa girmiştim adeta odamdan dışarı adım dahi atmadım. Odama yapılan küçük ziyaretler dışında kimseyle görüşmüyordum. Derslere girmediğim o bir haftanın acısını da çıkartıyordum kendimden. Ne çok uzaklaşmışım meğer derslerden diye düşündüm. Bir ara Aslı, erişteciye gitmek istedi benimle, üzülerek gelemeyeceğimi söyleyip, teklifini geri çevirdim. Yolunu tarif edip benim içinde bir tabak yemesini istedim. O gün gitti mi bilmiyorum, ama aklımı erişte de bıraktığı kesindi. Sınavlarım bitsin her günümü orada geçirebilirdim. Şu an ilgilenmem gereken ders notlarım vardı. Abim arada bir kampımı ziyaret ediyor şans dileyip çıkıyordu, odamdan. İnanılmaz bir motivasyon gücü bulmuştum kendim de, deli gibi ders çalışıyordum. Ara yıl tatilini hak etmeliyim diye düşünüyordum. Kararımı vermiştim, derslerimi verip istediğim yere tatile gidecektim. Abim o konuda sınırsız bir çek sunmuştu bana. Ne geceden haberim vardı, ne de gündüzden. Günler su gibi akıp gidiyordu. Saat kavramını yaşadığım anlar, sınav saatlerinden ibaretti sadece.

Bir akşamüstü bunalmıştım artık, sınav dışında dışarıya hava almaya çıkma ihtiyacı duymuştum. Yalnız başıma sahilde, bir kahvenin iyi gelebileceğini düşünüp, evin yakınındaki her zaman ki kafeye gittim. Akşam saatleriydi, her düzenli insanın normal şartlarda yemek yediği saatler. Geldiğim de tenhaydı, hava daha da erken kararır olmuştu, bunu bu gece anlamıştım. Kar soğuğu vardı, bir ara Ezgi de söylemişti bu hafta kar yağma ihtimali olduğunu. Kar yağsa bu kadar soğuk olmazdı zaten, havanın soğuğu yumuşardı. Her zaman ki genç garson gelip, ne içmek istediğimi sordu. Bir fincan filtre kahve istedim, bu gece yine ders çalışacaktım, yemeğimi evden çıkmadan yemiştim. Kahvemi yudumlayarak, denizin dalgalarını izliyordum. Ne kadar da yüksekti bu gece dalga boyları diye düşündüm. Daha birkaç hafta öncesine kadar çarşaf gibi olan deniz bir an da kabarmıştı. Onun da bir derdi mi vardı, kim bilir, hangi dere hangi ırmak onu üzmüştü de bu kadar öfke yüklüydü. Sinirden köpürmüş bir insan silüeti gibi göründü bir an gözlerimde. Yarına diner miydi acaba bu öfkesi? Rahatlayabiliyor muydu acaba, öfkesini dışına vurduğunda, ya da haberi var mıdır acaba, kırgınlığına sebep o ırmağın. Doğanın her zaman insanlarla endeksli bir yaşamı olduğuna inanırım. Her yaşanan facia da maalesef bunun en büyük göstergesi. Sen istediğin kadar deniz kenarında bir yerleri doldur, istediğin temel düzenekleri kullan, ama zamanı geldiğinde mutlaka o denizin kendisine ait o bölümü aldığına pek çok kereler şahitlik etmişimdir. Köyde babaannemlerin evlerinin arkasında, dere boyuna kadar meyve ağaçları olduğunu bilirdim. Senelerce meyvelerini yedik o dere yatağındaki ağaçların. Bir başka sene gittiğimizde bahar ayında ki yaşanan sel faciasından sonra, o meyve ağaçlarından eser kalmamıştı. Çocuk aklımla çok üzülmüştüm gördüklerime. İnsanoğluna da en büyük dersti aslında yaşadıkları. Bu gece yolculuğum çocukluğumaydı, biz öyle çocukluğumuzda tatillere çıkmazdık. Mutlaka bir bayram olmasa diğer bayram köydeki büyüklerimizi ziyaret ederdik. Annem her zaman kulağına küpe olsun derdi, her bayram tatile gitme şansın olurda, büyüklerini diğer bayram da görme şansın olmaz derdi. Ölümün mutlaka ki, yaşla ilgisi yoktu lakin yaşlandıkça insanlar evlatlarından daha da çok ilgi beklerler, kapılarının eskisi gibi sıkça çalınması için içten içe dua ederlerdi. Köyle ilişkimiz kesilmişti yıllar öncesinden, ama hep eski bayramlardaydı yüreğim. Çocukluğumun o kalabalık bayram sabahı kahvaltılarının tadını hala dün gibi hatırlıyorum. Aslında mekanlar gibi görünse de anlamlandıran insanlardı, mutluluğumuzu.

Uzun bir çalışma döneminden sonra nihayet, bitmişti finaller. Mükemmel notlar alamamış olsam da, okul ortalamasına göre oldukça iyiydim. Bir yerlerde kutlama kararı aldık finalleri. Ezgi, bu gece çıkalım o zaman dedi. Bu akşam evdekilere zaman ayıracağımı bir başka gece gelebileceğimi söyleyerek ayrıldım yanlarından. Mertle bir sevgiliden ziyade sıkı dost olarak kalmıştık sadece. Ne onun nede benim arkamızı döndükten sonra söylenecek sözümüz kalmıyordu. Yarı buruk yarı sevinçli bir şekilde gittim eve. Zehra abla kapıyı açar açmaz, misafirimiz var kızım dedi. Bu saatte kimdi ki misafirimiz? Abinin çalışma odasındalar, çalışıyorlar, bu akşam yemeğine de kalacakmış dedi. Merak etmiştim, abim öyle iş yerinden bir arkadaşını evimize ansızın getirecek biri değildi. Abimin bu saatte evde olmuş olmasıda ilginçti. Merdivenleri çıkacağım an da, Aslının sesini duydum, Zehra abla anlaşılan akşam menüsünü soruyordu. Aslının haberi vardı sanırım. Tam da bu gece, ailemle olabilecekken, nereden çıktı ki şimdi bu misafir diye söylenerek odama geçtim. Biraz müzik iyi gelecekti, boşuna dememişler zaten, müzik ruhun gıdası diye. Kendimi bir yandan rahatlamış bir yandan da, boğuluyormuş hissi içinde buldum. Kişinin belki de ilgi isteği bundan kaynaklanıyordu. Kendini değerli ve önemli hissedebileceği insanın varlığı, belki de bu yüzden gerekliydi. Ne bileyim, şimdi telefon edip, nasılsın? Günün nasıl geçti? diye soru soran insan olsaydı fena mı olurdu. Ya da Aslı eve girer girmez, canım nasılsın deseydi, abim kapı sesini duyunca, nasılsın prensesim? diye sorsaydı ne güzel olurdu. Merak ettim, ben en son kime, nasılsın? demiştim acaba. Of, düşündükçe daha da saplanıyordum bataklığa, en iyisi yüzeyde kalmaktı. Her insan boğulabiliyor muydu acaba, kendi düşünceleri yüzünden? aynı ben gibi.

Biraz uyuyup dinlendikten sonra, aşağıya indim. Aslı masada ki son düzenlemeleri yapıyordu. O sırada abim geldi, nasılmış bakayım, benim meleklerim? diyerek, uzun zamandır abimi bu kadar keyifli görmedim, daha doğrusu abimle uzun zamandır görüşemiyordum zaten. Aslı bir yanağından ben bir yanağından öptüm. "Nasıl canım beğendi mi taslağını?" diye sordu Aslı. Kim, neyi beğenecekti ki, diye düşünerek mutfağa geçtim. Bir bardak su alıp içtim. O sırada Erkanın sesini duydum, halüsinasyon yaşıyordum sanırım. Ama adımlarımı salona doğru hızlandırdıkça, sesin daha da belirgin olduğunu duydum. Kapıyı açıp Erkanı görünceye kadar, halüsinasyon gerçeğine inanmak istemiştim. Tam da bu gece diye düşündüm, olacak iş değildi. Ne işi vardı, bu gece bizim evimizde. Deryacım gel diyerek abim, Erkan beyle tanışmıştınız değil mi? diyerek, tokalaşmamı sağladı. Hiç suratına bakmıyordum, abime de garip gelmiş olacak ki, final haftası oldukça yoğundu, yeni bitti onun yorgunluğu, diyerek açıklama ihtiyacı hissetti, ne gereği varsa. Olur öyle şeyler, diyerek beyefendi geçiştirdiğini sandı. Yemek boyunca, yeni yapılacak olan ek bina hakkında konuştular.

Yemek sırasında konuşmayan abim, bülbül olmuştu bu gece. Anlayamamıştım abimin bu hareketlerini ve heyecanını. Zehra ablaya masayı toplarken yardım edip, yorgunum bahanesiyle odama çıkacaktım. Tam o sırada abim, Derya hadi kahvelerimizi yap ta biraz sohbet edelim dedi. Erkan beyin nasıl kahve içtiğini öğrenen Aslı mutfağa gelerek, ben yaparım canım dedi. Az sonra hadi abin sen yaptın sansın diyerek tepsiyi elime verdi. Kahve ikramından sonra abim ayakta durma kızım hadi sen de otur, sizinle konuşacaklarım var, dedi. Erkanın olduğu yerden pek hayırlı haber çıkmazdı ama hadi hayırlısı diyerek, dinlemeye başladım. Anladığım kadarıyla Erkan yeni bir ek bina yaptırıyormuş hastaneye, abimi de bölüm şefi yapmış. Abime bütün yetkiyi de vermiş, yeni yapılacak olan ek binayla ilgili. Bana neydi şimdi bundan? Kendince abime yaptığı jestle eriyip, ona teşekkür mü edeceğimi sanıyordu. Kuş kadar aklı yoktu bu adamın, gerçi abimin onların hastanesinde bulunması onlar için büyük onurdu da, abimin bu derece sevincini anlamıyordum. Küçük bir çocuğa şeker verilmiş edası vardı suratında. Gözlerimin içine bakan abime, ne güzel diyerek tebessüm ettim. Aslı abimi tebrik ederek yanağından öptü, Erkana teşekkür konusunda oldukça da bonkördü. Sinirim bozulmuştu, salonumuzun tam orta yerinde bir prens edasıyla kurulmuş etrafa gülücükler atıyordu beyefendi. Erkanın bu jesti hiç inandırıcı gelmemişti bana her nedense. Bir sinsi düşüncesi daha olabileceğini düşündüm. Gözüm üstündeydi, resmen abime kur yapan hastasını anımsattı bir an da gözlerimin önünde. O nasıl bir bakıştır öyle abime, Ela ya bile bu derece anlamlı baktığını görmüş değildim. Bu şamatanın nereye kadar gideceğini merak ediyordum doğrusu. Erkanın maskesi nasıl olsa yolun bir yerinde düşecekti...

O geceyi atlatmayı, üzerinden çok zaman geçmiş olsa da, başarabilmiş değildim. Ne yapmaya çalışıyordu Erkan, neden abimdi seçtiği piyon. Netice de bana her zaman, oyunu kendisinin kurabileceğini söyleyen adam vardı karşımda. Bizim eve geliş gidişleri fazlalaşmıştı iyice, ben her gece bir bahane uydurup onun geldiği geceler nadir ortalıklarda görünmeye çalışıyordum. Abimse inadına beni onun görüş alanına çekmeye çalışıyordu. Samimiyeti arttırmışlardı iyice, Erkan onları birkaç kez evinde ağırlamıştı. İşin ucunun ne zaman bana dokunacağını merakla bekliyordum.

Aslıyla bu sabah erişte yemek için plan yapmıştık. Kuaförden çıktıktan sonra Aslıyla belirlediğimiz bir adrese buluşacaktık. Aslı saçlarını daha da açtırmıştı, mükemmel görünüyordu, her zaman ki gibi. Yokuş yukarı çıkarken, Dudu teyzeyi çok sevdim ben de dedi. Demek ki bensiz de pek çok kere gelmişti. Her gittiğimde masamdan ayrılmadan yemeğimi bitirinceye kadar beni seyrediyordu dedi, Aslı. Yengem olmasından dolayı sağ olsun ilgileniyordu sanırım. Dudu teyze kapıda görür görmez, koşar adım yine geldi yanımıza, kızım hoş geldin diyerek önce Aslıya sarılmıştı, şaşırmıştım, demek ki pabucum dama atıldı diye düşünmüştüm. Yavrum diyerek sarıldı bana da. Çok heyecanlıydı, sarıldığımda atan kalbinin hızını hissetmiştim adeta.

Meğerse, Aslı haftanın üç günü buraya geliyormuş, iş yeri de yakın olduğu için. Evimdeymiş hissi veriyor adeta diyerek mırıldandı. Demek ki bu hissi duyan bir tek Ezgi ve ben değilim diye düşündüm. Aslının lavaboya gittiği sırada kızım nereli gelininiz dedi. Şaşırdım, gelinimiz mi, gülümseyerek, buralı dedim. Annesi babasını sorduğu an da, Aslı ellerini yıkayıp gelmişti yanımıza. Neyse ben yemeklerinizi getireyim kızlarım diyerek kalktı masadan. Neden Aslıyla ilgili bu kadar çok soru soruyordu ki, merak etmiştim. Sonra Dudu teyzeyi seyretmeye başladım. Her başını çevirişi Aslıda bitiyordu. Aslıyla bu kadar alakadar olması ciddi anlam da rahatsız etmişti. Ne diye sormuştu ki, nereli olduğunu.

Yemeğimizi yedikten sonra illa kahve yapacağım diyerek bırakmak istemedi bizi, Dudu teyze. Şöyle bir yüzüne, baktım da, çok güzel bir kadındı aslında Dudu teyze, ne kocası nede çoluk çocuğu vardı. Bildim bileli, işiyle meşgul hüzün bakışlı bir kadındı. Annem yaşlarında olmasına rağmen oldukça yaşlı görünüyordu, yıllar acıtmıştı canını demek ki, kim bilebilir, neler yaşadığını ki! Mertin aramasıyla ayrılmıştım düşüncelerimden, yengemle ayrıldıktan sonra, buluşmamız gerektiğini söylüyordu. Nereden çıkmıştı ki şimdi bu! Mert yaşıyormuş desene diye düşündüm. Aslı, ne oldu dercesine başını hareket ettirdi, Yok bir şey dercesine, elimle işaretleştim. Aslı hesabı ödemesi konusunda ısrar etse de, Dudu teyze almıyordu. Hadi beni anladım ben öğrenciydim de, Aslı varken neden hesap almıyordu, onu anlayamamıştım. Aslının iki bileğinden tutup ta vedalaşması da oldukça ilginç gelmişti bana. Oradan çıktıktan sonra, Dudu teyze seni çok sevmiş olmalı, dedim Aslıya. Evet bana da öyle geldi dedi. Bir daha ki ne, elim boş gitmeyeyim bari birkaç hediye alıp götüreyim dedi. Bana dönüp nelerden hoşlanır acaba diyerek baktığında, donuk bir ifadeyle hayır diyebildim sadece.

Mertle uzun bir aradan sonra nihayet buluşmuştuk. İkimizin yüzü de sirke dökmüş gibiydi. Ne bir heyecan, ne de bir ifade vardı. Bizi masa da gören iki yabancı olduğumuzu sanırdı. Mert ilgisizliğimden,

149

onu arayıp sormadığımdan şikayet ediyordu. Dönüp ona, peki ben aramadım, o zaman neden sen beni aramadın? diye sordum. Beklememiş olacak ki bu soruyu benden bir süre düşündü, daha sonra. Ama sen arardın beni hep.. Çok doğru bir cümleydi aslında. İnsanların başına ne geliyorsa, o yıkamadığı alışkanlıklarından geliyordu zaten. "Be mübarek hadi hep ben aramışım madem, bir kerede sen merak et, bu kız ne yapıyor, ne halde diye değil mi? Yok, olur mu!"

Kafam da hiçbir soru işareti kalmamıştı artık, hele de Mertin o son söylediği sözlerden sonra. Neymiş efendim nasıl kız arkadaşıy mışım, ne öptürüyor muşum ne koklatıyor muşum. Çakal, dediklerine bak ! Tabii çok basit değil mi? Öptür, koklat sonra da, olmadı güzelim ayrılalım. Yok öyle bir dünya! Ben kurallarımı başta söylemişim, neden o zaman evet diyordun da, şimdi şikayet ediyorsun. Mertte böyle düşünüyorsa yazıklar olsun valla, olmaz olsun böyle sevgi, lanet olsun diyesim geldi. Sonra annemin sözü geldi aklıma. Lanet okuma kızım, altı kapı dolaşır, yedinciye senin kapını çalar derdi. Ağlıyordum bilmediğim sokak aralarında. Ne eve gidecek gücüm vardı, nede bunları biriyle paylaşabileceğim bir yüreğim.

Yaralı bir haftayı daha geride bırakmıştım. Ne okula gidiyordum, ne de dışarıya çıkıyordum. Abimle Aslı da oldukça meşgullerdi zaten yeni arkadaşlarıyla. Ezgi ise en son aradığım da, cevap vermeyip, ben seni arayacağım diyerek mesaj atan, ama haftalar geçmesine rağmen o mesajı bir türlü atmamış olan eski bir dosttu artık. Çil yavrusu gibi dağılmıştık resmen. Şöyle bir çevreme bakındığımda sadece Mert ve Ezgi mi vardı arkadaş olarak çevremde. Bir tek onlarla mı ilgilenmiştim, onları mı kendime yakın görmüştüm. Ee haniler şimdi? En çok onlara ihtiyacım olduğu an da neredeler... Çıldırmak üzereydim, deliliği iyice ele almıştım. Garip seslerimden olsa gerek, Zehra ablayı sık sık odamı dinlerken yakalıyordum. Bir de üstüne üstlük, kadıncağıza, ne var, ne var! diye avaz avaz bağırıyordum.

Aslı bir gün hadi hazırlan diyerek açtı odamın kapısını, benim sabah sandığım gerçekte öğle vakti olan bir saatte. Nereye diye sormama müsaade etmedi bile. Arabada bulmuştum kendimi. Bilmediğim tenha yerlere gidiyorduk arabayla. Uzun bir süre gittik, konuşmuyordu sadece bir radyo kanalı açıktı arabada. Sonra aniden bir tepe de durdu. Aşağısı uçurumdu. Ne haykırmak istiyorsan bağır, ben kulaklarımı kapatacağım. Kime kızmak, kime nefretini kusmak istiyorsan, hadi kus dedi. Aslı arabaya gitti, sonra düşündüm kusmak mı? Nasıl kusabilirdim ki, onca yıllık dostluğu, paylaşımı, dert ortaklığını. Nasıl bir an da atabilirdim ki parçam olan şeyi. Onlar benimdi, iyide olsa kötüde olsa, benim seçtiklerimdi, benim duygularımdı. Bendim onlar aslında. Yansıtamadığım dostluğumdu karşımda durup bana sırıtan. Söyle Aslı nasıl atabilirdim ki, şimdi kendi mi bu uçurumdan…

Yarıyıl tatilimi, evde geçirmiştim, abimin ısrarlarına, gösterdiği tur paketlerine rağmen evde daha iyi olduğumu söyleyerek geri çevirmiştim tekliflerini. Aslı her zamankinden daha çok ilgileniyordu benimle, arada bir beni alıp sinemaya gidiyorduk, bazen bir tiyatro sahnesinin önünde buluyordum kendimi. Konuşmadan, gidiyorduk, izliyor ve eve geliyorduk. Abim bugünlerde oldukça yoğundu, eve gecenin bir vakti geliyordu hep. Bir gece salonun balkonuna çıktım, Aslı atlayacağımı düşünerek korkmuş olacak ki, hemen arkamdan soluğu yanımda aldı, bana şal getirme bahanesiyle. Bak güzelim dedi, karşıma oturarak, ben ne annemi tanıdım ne de babamı. Biz kocaman bir aileydik, çok kardeştik ama anne ve babamız yoktu. Saçlarıma uzanan her eli baba eli, yediğim her ev yemeğini de anne yemeği bilmem bu yüzdendir. Kalabalık içindeki yalnızlığı en iyi yaşayanlardanım. Bilmem hiçbir baba nasıl sever kızını, bilmem hiçbir anne nasıl şefkatini gösterir insana. Evlat hissi nedir, diğer çocukların çocukluğu nasıl geçmiştir bilmem. Neden doktor olmayı seçtim biliyor musun? Bu işin önce kimyasını öğrenecektim, hormonlar çekti ilgimi önce, sonra duygular. Baktım en iyi ilaç sevgiymiş. Bir hocam söylemişti zamanında. Bir hastaya istediğin kadar doğru ilacı ver, yaşamı sevmedikten sonra hiçbir ilaç ona çare olmaz derdi. Çokta doğru söylemiş bunu biliyor musun? Meslek hayatım da pek çok kez deneyimlerini yaşadım bunun. Bana hiç muayene olmaya gelmedin değil mi, hiç Derya? Hayır diye başımı salladım. Ben hastalarımı nasıl muayene ederim biliyor musun? Önce klasik sorularım vardır, kendinizi seviyor musunuz? Anne ve babanız var mı? Uyanınca günaydın diyebileceğiniz insanlar var mı çevrenizde? Ve bunun benzeri pek çok soru, neden biliyor musun? Çünkü bütün hastalıklar, kendimizi sevmemekten kaynaklanıyor. Bak benden çok öndesin. Güzel bir çocukluk geçirdin, benim ise hiç ailem olmadı evlenene kadar. Neden benden bu kadar güçsüzsün biliyor musun? Çünkü ben insanlardan sevgi görmek yerine, onları sevmeyi seçtim. Hem de herkesi. Çünkü sabırsızdım, sevgiyi yeni öğrenen bir öğrenci heyecanıyla, kimi zaman kantinde ki Sabri amcayı babam yerine koydum, amfinin temizliğini yapan Hafize teyzeyi ana bildim. Neden biliyor musun, evlat olma duygusunu bilebilmek, tadabilmek için. Sen ise bir çizgi çizmişsin çevrene. Kriterlerim var diyerek, aslında var olan ama varlığını hep inkar ettiğimiz o kırmızı çizgilerimiz.

Yok et, artık, bu çizgilerini. Her yeni tanıdığım insan, bana baharda filizlenen çiçeği görmüşçesine heyecan verir neden biliyor musun? Hiçbir insan, hayatına tesadüfen girmez çünkü. Abinle nasıl tanıştığımı biliyor musun? Daha doğrusu nasıl birbirimize aşık olduğumuzu? Hastanedeki stajlarımda görüyordum abini, çok yakışıklıydı sadece o kadar. Ta ki hayatımın en kötü gecesin de karşıma çıkıncaya dek, çok kötü bir ilişkiden çıkmıştım, çok ama çok ağır yara almıştım. Tam intihar etmek için ameliyathaneden saklayıp aldığım ilaçları, ıssız bir köşede enjektöre çekerken abin geldi yanıma. Beni meğerse o ilaçları alırken görmüş, beni olduğum yere kadar meraklanarak izlemiş. İşte beni hayata döndüren o insana zamanla ben aşık oldum. Ve şimdi aşkın ne olduğunu en güzel yaşayanlardan biriyim. Biliyor musun, beni eskiden o acıtan adama da kızgın değilim artık. Çünkü karşıma abin gibi biri çıkmıştı onun sayesinde. Unutma bunu, kaybettiklerine üzülüyorken insan, görmezden gelir önüne gelen fırsatları. Önce kendini sevmekle başla lütfen, sonra herkesi kucakla. O zaman anlayacaksın, yalnız değilsin, her gülüşün karşılığını bekleme. Gün gelir, o tebessümün kahkaha olur çıkar karşına, bunu unutma sakın. Seni sevdiğimi bilmeni istiyorum ve seninde kendini sevmeni istiyorum, hadi tut elimi dedi.

***

O geceden sonra, kendime gelmiştim. Çok büyük bir hayat dersi anlatmıştı bana Aslı. O gece hüngür hüngür ağlamıştım odama çıktığımda. Nankörlüğüme, kendi sevgisizliğime. Bencil değildim artık, Mertle Ezginin de yasını tutmuyordum artık. Ne zaman iyi değilim deseler yine yanlarında olurum diye düşünüyordum. Sadece zamana bırakmıştım. Hayat zorlamaya gelmiyordu aslında, sen elinden geleni yapıp, gerisine sabretmekti hayat. O gece çok şey öğretmişti Aslı bana. En çokta, kendini sevmenin ne büyük sihir olduğunu onunla keşfetmiştim. Artık eve gelen Erkana bile gülümseyebiliyordum. Erkan da bu değişimimden cesaret almış olacak ki, daha sık gelmeye başlamıştı eve. Daha neşeli geçiyordu yemek sonrası sohbetlerimiz. Neden bu kadar dünyayı dar etmiştim ki kendime. Geriye doğru düşündükçe ne çok şey ıskalamış olduğum geliyordu aklıma. Bu yaşadıklarım bana ders olacaktı. Bir gece yine Erkan geldiğinde Aslı ve abimin salonda olmadığı bir an da Merti sormuştu, benimde sinirim bozulup elimde olmadan sert bir tepki göstermiştim ona. O geceden sonra da, uzun bir süre görmemiştim Erkanı bizde.

Uzun zaman olmuştu, Dudu teyzemin oraya gitmeyeli, Aslı yı aradığımda işi olduğunu yetişebilirse gelebileceğini söylemişti. Dudu teyzem yine güler yüzüyle karşılamıştı beni, neden ayrı geliyorsunuz bakayım dedi. Kiminle dedim, Aslı cevabını almayı beklerken, Ezgiyle dedi. Geçen bir erkekle geldi derken, gözlerim yuvalarından ayrılacaktı adeta. Nasıl bir erkek olduğunu sorduğumda, tip olarak resmen Merti tarif etmişti. Nasıl? Samimi miydiler diye sorduğumda da, ne bileyim biri kendi kaşığıyla oğlanın ağzına, oğlan kızın ağzına kendi kaşığını veriyordu kızım, bende bakakaldım dedi. Beni de öpmedi, yabancı gibi geçti bi masaya. Giderken de oğlanı yolladı kasaya, kendi bi hoşçakal bile demeden gitti. Baktım yüzükleri de yoktu, sen de mi bilmiyordun yoksa kızım derken. Ben de apar topar sonra gelirim Dudu teyzem diyerek, çıktım restorandan. Olamaz böyle bir şey diyerek hıçkıra hıçkıra ağlıyordum, yolda giderken. Zorla bir taksi bulup Ezginin evinin önüne gittim. Arabası evin önündeydi, evde olmalıydı. Girişteki zile basmadan, tam biri apartmandan çıkarken açık olan kapıdan girdim apartmanın içine. Elim ayağım titriyordu. Ne yapacağımı bilmeden, kapının zilini çaldım. Kapıcı geldi sanarak açmış olmalı ki, geldin mi Kuzen efendi diyerek açtı kapıyı. Üzerinde gecelik vardı üstelik günün bu saatinde. Utanmadan bir de kapıyı böyle açıyor dedim içimden. Şok olmuştu beni gördüğüne. Der..ya diyerek titreyerek söyledi adımı, içeride bekleyen meraklanmış olacaktı ki o da çıktı kapıya. Yanılmamıştım, gelen Mertti! O günü hatırlamak dahi istemiyordum, hiç bir şey söylemeden çıktım apartmandan. Ana yola ininceye dek, ağlamadan sadece yürüdüm. Kilometrelerce yürümüş olmalıyım ki, yorgun düştü bedenim. Yolun kenarına oturup ağlamaya başladım, gördüklerim yüzümden değil, yorulduğumdan.

Evdeki herkes biliyordu, neden hasta olduğumu. Grip sanmışlardı ama ortaya farklı bir tablo çıkmıştı. Aslı anlamıştı, garip giden bir şeyler olduğunu. Ona anlatmak zorunda kaldım günün birinde. Yoluna bak dedi sadece bana. Onlar bu istasyonda inmeyi tercih etti, sen yürü istikametine bak! demişti. Abim gribim geçtikten sonrada okula gitmeyişimden anlamıştı ne olup bittiğini, Aslıyla bir gece odama gelip, o da benimle bir konuşma yaptı. Ne iyi bak, demek ki daha güzel günler seni bekliyor diyerek teselli etmeye çalıştı beni. Oldukça sancılı bir süreçti, tamam uzun zamandır görüşmüyordum ama arkamdan öyle şeyler yaşamaları midemi daha da çok bulandırmıştı. Ne Merte kondurabiliyordum, ne de Ezgi ye.

Abimler beni dışarı çıkartmak için hep bir bahane uydurmaya başlamışlardı. Yok şu kutlama, yok bu başarı diye say say bitmiyordu, anlamlı geceleri..Pek çoğuna iştirak edemesem de, arada bir katılıyordum ortamlarına. Kalabalığa karşı büyük bir fobim oluşmuştu. Herkes üstüme üstüme geliyordu sanki. Erkan daha da farklılaşmıştı. Daha kibar, daha şefkatli davranıyordu bana. Gözlerinin parıltısının hiç solmadığına şahitlik ediyordum, tanıştığımdan bugüne kadar. Nasıl bir bakıştır bu. Çevremde değişmeyen tek insan o kalmıştı. Bir adım atsam, koşarak yanıma gelecek seviyedeydi bana olan ilgisi. Eladan olayları duymuş olacak ki, bana her bakışında yalnız değilsin hissi vermeye çalışıyordu. Baş başa kalmaya cesaretim yoktu, yalnızlığımı sevmiştim. Her adımım da Mert ve Ezgi vardı. Aklımdan bir an olsun çıktıkları yoktu. Devam ediyorlar mıydı acaba, görüşmeye. Ne zaman, nerede başlamıştı ilişkileri. Görünüşte yalnız olsam da, beynimde onlarca ses vardı, bana soru soran. Aslıyı beklerken bir gün karşılaşmıştık, caddenin orta yerinde Elayla. Merhabalaşıp, kısa bir hal hatır sorularından sonra, olanlar için üzgünüm diyebilmişti. Neden benim için üzülmüştü ki, üzülmesi gereken kişi, Mertti! Ben değildim. Vaktin varsa gel karşıda ki şu cafede konuşalım dedi. Aslıyla buluşacağımı söyleyip, başka bir zaman dedim. Elayla konuşup yaralarımı eşelemeye hiç vaktim yoktu. Kanatmak içindi benimle konuşma isteği, kendince öğütler verecekti daha sonrasın da, yok şöyle yap, yok böyle yap diye. Nasihat dinleyecek halde değildim, bence herkes kendi sorunlarıyla ilgilenmeliydi. Karşı tarafta Aslı nı arabasını gördüm, vedalaşıp ayrıldım Eladan. Bozulmuş olacak ki, peki diyebildi sadece.

Aslı gidiyor muyuz bakalım, eriştelerimizi yemeye dedi. Olur, dedim. Geçen gün hemen çıkmak zorunda kalmıştım, hem gitmişken gönlünü de alırdım Dudu teyzemin. Neşeli şarkılar eşliğinde tutmuştuk yolumuzu. Sonra birbirimize bakıp kahkahalar atıyorduk, en mutlu anlarım Aslıyla geçirmiş olduğum anlardı zaten. Bana, hayatın karşısında dimdik durmayı Aslı öğretmişti. Kendi sorunlarımla, yüzleşebilme kabiliyetini yine o güzel insandan öğrenmiştim. Sorunlarımızdan kaçarak daha da büyütüyorduk onları aslında. Mercimek tanesi büyüklüğünde bir sorun gün gelip, karşımıza büyük bir sorun olarak çıkabiliyordu. Yalnızım dediği an da da isyana giriyordu aslında insan. Bütün bu yaşadıklarımız, okullarda vermiş olduğumuz sınavlar gibiydi aslında. Yüzleşerek daha da iyi tanıyorduk kendimizi. İnsanın ne istediği, o anlar da çıkıyordu karşısına, aslında. İnsanın tek tek bir şeylerle haşır neşir olup onu bir kendi elleriyle, duygularıyla büyütmesi vardı, bir de kendinden bağımsız, orantısız büyüttüğü tanımadığı bir korku portresi vardı. Ben resmin dışında kalmamayı öğrenmiştim. Renkleri kendi seçmem gerekliliğini öğrenmiştim. Bir hatanın da hayatın boyunca silinemeyeceğini, ama onunla yüzleşerek çözüm noktasını keşfedebilme ihtimalinin olduğunu anlamıştım. Evet belki de büyükler haklıydı, hayat acımasız bir öğretmendi belki de kimi zaman. Ama bakış açısı değiştikçe insanların olayları tolere edebilme kabiliyeti, daha hızlı bir şekilde çıkıyordu insanın karşısına. Bu düşüncelerle inmiştim arabadan. Her zaman ki yürüyüşümüzü yaptıktan sonra, varabilmiştik durağımıza. Dudu teyzem yine o güler yüzünü göstermişti bize, sıcacık oluyordu insanın yüreği bu gülümseme karşısında. İnsan insanın en büyük ilacıydı aslında. Bir de farkına varabilseydik keşke.

Güzel bir yemek ve sohbetten sonra gelen çaylarımızı içiyorduk. Dudu teyze her zaman ki gibi Aslıya, hayran bakışlarını atıyordu. Kim bilir, kime benzetiyordu Aslıyı, yada kimin yerine koyuyordu diye düşündüm. Sonradan tanımış olmasına rağmen, onunla daha çok ilgilendiği aleniydi. Aslı da mutluydu burada, duruşundan hal ve tavırlarından anlaşılabiliyordu bu. Lavaboya girmiştim, biraz oyalanmış olacağım ki, içeriye geldiğim de Aslıyı ve Dudu teyzeyi ağlarken bulmuştum. Ne olmuştu ki, Aslının elinde birkaç fotoğraf vardı. Yerlere saçılmış olan resimleri alıp toplamaya başladım. Garipti, lokantada ki herkes onlara bakıyordu. Lokantadan çıkan birileri, hadi gözünüz aydın diyerek çıkmıştı, Dudu teyzenin sırtını ovuşturup. Neyin gözün aydınlığıydı bu, gözü m bir an elimde ki resimlere gitmişti. Onlarca resim vardı elimde, fotoğraflara dikkatlice baktığımda, Aslının çocuk yaşlardan itibaren çekilmiş olan resimleriydi bunlar. Kim saçmıştı ki bu resimleri yerlere. Ne oldu diyerek Aslı ya sarıldım. Beni duymamışçasına hıçkırarak ağlamaya devam ediyordu.

Yaşadığımız şok bütün ailemizi etkilemişti, sevinmiştim. Aslı nın, en azından annesini bu kötü hadiseyle bulmuş olabilmesine. Ama babasının Ezginin babası olması ihtimali beni de derinden yaralamıştı. Nasıl olabilirdi ki, Aslı yeni bulduğu insana anne diyebilecek miydi?

Kadere inanan biriydim, Aslının her zaman söylediği gibi, hiçbir zaman insanların hayatımıza tesadüfen girdiklerine inanmazdım. Bir nedeni vardı, bütün yaşanılanların. Ve geçmişin çirkinliğinin ne derece kötü olursa olsun, bir sevince taşıyabilme ihtimalini bile bilmeliydi insanoğlu. Ben inanıyordum Aslı ya, güçlü bir kadındı Aslı, bunu da atlatabilecekti. Dudu teyzeme, anne diyebilir miydi, bilmiyorum. Tek bildiğim şey, Aslının yüreğinde beslediği o sevgi ağacının uçsuz bucaksız oluşuydu. Buna emindim, elbet bir gün o dallarından birini, uzatacaktı annesine…

Erkanı merak edecek olursanız, tahmin ettiğiniz gibi hala etrafımda dolanmaya devam ediyor. Aklım almıyordu, bana yaşattıklarına. Yüreğimin ritmini tek değiştirebilen insandı hala, beni tanımayı çok istiyordu. Aslının yaşadıklarından sonra, belki de ona şans vermem gerektiğini düşünmüştüm. Aklıma, mantığıma tersti. Her görüşmemizde, kendimde bir şeyler keşfediyordum. Her sohbetimiz de adeta yeni bir ben daha doğuruyordum, tanımadığım, hiç bilmediğim yönlerimi keşfetmeye çalışıyordum, Erkanla. Kim bilir bana, belki de aşkı öğretmeye gelmişti. Ne bileyim işte, aklım karışık. Her çıkmaza girdiğimde, bana tek söylediği bir cümleydi bu sözleri.

Fazla düşünmene gerek yok küçük hanım; Aklın yetemediğidir,

"AŞK"

හ ✿ ය

** SON **

Printed in Great Britain
by Amazon